TEX RUBINOWITZ

Ramses Müller

Roman

eichborn

1. Auflage, 2009

Umschlaggestaltung: Christina Hucke
unter Verwendung einer Murmel
Typografie, Ausstattung: Susanne Reeh
Satz: Fotosatz Amann, Aichstetten
Druck und Bindung: CPI – Clausen & Bosse, Leck
ISBN 978-3-8218-6104-3

FSC
Mix
Produktgruppe aus vorbildlich
bewirtschafteten Wäldern und
anderen kontrollierten Herkünften

Zert.-Nr. GFA-COC-001223
www.fsc.org
© 1996 Forest Stewardship Council

Verlagsverzeichnis schickt gern:
Eichborn Verlag, Kaiserstraße 66, D-60329 Frankfurt am Main
www.eichborn.de

Schubal, der heißt wirklich so, seinen Vornamen gab er ja nie preis, fragte ihn ja auch keiner danach, Schubal also wie der Heizer, der rumänische, auf dem Schiff von Kafkas *Amerika*, also das Buch jetzt, Kafka war ja kein Reeder. Weil den 16-jährigen Karl Rossmann das 35-jährige Dienstmädchen Johanna Brummer verführt hat und ein Kind von ihm bekommt, schicken ihn seine Eltern aus Prag fort zum Onkel Jakob nach Amerika, und auf dem Schiff ist seine erste Vertrauensperson eben jener Heizer, vielleicht war Schubal ein Pseudonym Schubals, vielleicht nannte er sich nur so, dann wäre er cleverer als der Eindruck, den er bei allen hinterließ. Schubal also, also nicht der Heizer, aber Moment, vielleicht hieß er Heizer? Aber nein, das wäre doch eine Ecke zu raffiniert für ihn, aber wer weiß, vielleicht haben sich alle in ihm getäuscht und er hatte alle anderen in der Hand, sie waren letztlich seine Marionetten, so ist das doch in schlechten Filmen, Krimis, wenn der Simpelste alle in Schach hält, *Die üblichen Verdächtigen*, der eine mit dem Hinkebein, Keyser Soze, Kevin

Spacey, stellt sich klein und schwach, als geprügelter Hund dar, fährt am Ende mit Kobayashi im Taxi weg, während der Kommissar vor Wut in seinen Hut beißt, lustig, sollten sie sich am Ende doch in Schubal getäuscht haben? Schubal, reimt sich auf Zufall, König Zufall, wenn der Zufall die Normalität, den Fluss des Lebens bestimmt, vielleicht war er *doch* der Lenker, der Geringste unter euch soll euch führen, wie Jesus über das Wasser. Na, am Anfang bzw. im ganzen Hergang war er schon eine reichlich traurige Gestalt, nicht? Freunde? Fehlanzeige, eine Mutter gab's *irgendwie*, hat man so gehört, Schwester auch, irgendwo in Niedersachsen, wo sonst? Celle fiel wohl mal in irgendeinem Gespräch, aber es kann auch irgendein nichthumanes Geräusch gewesen sein, das zufällig wie Celle klang, eine umkippende Tasse etwa, über seine Herkunft hat er ja auch nicht geredet, oder man wollte es einfach nicht hören, weil alles so langweilig klingt, man hat es sofort wieder gelöscht aus dem Erinnerungsspeicher, kann sein, dass er mit seiner Herkunft gebrochen hat, nein, gebrochen klingt auch wieder zu pathetisch für Schubal, die Mutter wusste wohl nichts mit dem Sohn anzufangen, sie hatten sich nichts zu sagen, verschiedene Wellenlängen, und die Schwester, für die gab es nur ihre Akne, einziger Lebenszweck … nein, Uelzen war das, wo der herkam, die Stadt, die sich keck mit einem fehlenden Umlaut schmückt, die vielen Teile des Puzzlespiels müssen erst noch gestanzt werden, bevor sie zusammengeschoben werden können, ein Bild zerstören, zerlegen, um es zusammensetzen zu können. Also Schubal aus Uelzen.

Wann genau er nach Berlin gekommen ist, und warum, und vor allem, was er hier eigentlich gemacht hat, kein Mensch wollte das wissen, er war einfach da, wie er für seine Mutter in Uelzen eines Tages einfach *nicht* mehr da war, auch sie wird das so hingenommen haben, er kam auf dem osmotischen Weg vermutlich, da gibt's ja Heerscharen von solchen Typen, Ameisenvölker, Pilzkolonien, die von überall herkommen und einfach *da* sind, die assimilieren sich ganz schnell, können ihren Aggregatzustand verändern, das ist vielleicht deren größte Kunst oder Leistung, wenn man das so nennen kann, Mimikrymenschen, da zu sein und so zu tun, als wäre nicht gerade ein Vulkan ausgebrochen oder ein Atomreaktor in die Luft geflogen oder, naheliegender, die Berliner Mauer zernagt, und dann so zu tun, als sei eben nur mal eine Tür auf- und wieder zugegangen, die lehnen an einem Baum und werden nach einiger Zeit runzlig und undefinierbar graubraun wie Rinde und tun ganz erstaunt, wenn man sie dann fragt, was sie denn da machen würden, verblüfft wären sie, beleidigt fast, sie würden Vögel beobachten, Spechte, Kleiber, irgendwelche Rindenvögel, echt eine reife Leistung. »Was? Ich hab die Vase umgeschmissen? Ich hab mich nicht vom Fleck gerührt, ich steh hier schon seit drei Stunden vollkommen reglos, ist das jetzt auch schon verboten?«

Schubals Physiognomie, sein Wesen, seine Art, sich zu kleiden und zu bewegen, alles passte *irgendwie*, und zwar überallhin, das universelle Aussehen, seine Brille, eine sogenannte Kreml-Pilotenbrille (benannt nach Mattias Rust, dem irren Kremlflieger), kommt nie aus der Mode, weil sie nie in Mode war und sein wird, der Anorak, die Jeans, ihr Schnitt, die Schuhe, ihre Farbe, seine Größe, sein Gewicht, seine Haarfarbe, alles *dazwischen*, womit man ja eigentlich nie falsch liegt, ein Distinktionsverweigerer, den *Spiegel* liest er jeden Montag, die wohltuende Wiederkehr des Ewiggleichen, die macht ihn froh, die kleine Schwester der *Bild*-Zeitung, die er sich nicht zu lesen traut, zu viel Anarchie für ihn, unberechenbar, einer, der Harald Schmidt früher besser fand, der Rihanna hört und Die Ärzte, die ihm aber gleich klingen, bzw. die für ihn gleichwertig sind, warum soll er sich anmaßen, Qualität zu *wichten* (Lieblingswort), alles darf nebeneinander existieren, er fühlt sich informiert, versteht aber nur einen Bruchteil dessen, was er so aufsaugt, wie alles zusammenhängt, wo auch beginnen? Aber er ist bestrebt, alles zu sammeln, aber für sich zu behalten, im »Notfall« ist immer irgendwas abrufbar, dieser Notfall ist aber bis jetzt noch nie eingetreten, er hat nicht mal das berühmte Dutzendgesicht, bereits das wäre ein Zuviel an zuordbarer Individualität. Optimismus fehlt ihm vollständig, denn »zwischen Optimismus und Dummheit ist nur ein schmaler Grat, eine dünne Grenze, dünn wie Gaze, ein Fliegengitter«, wie er sich zurechtgelegt hat zu denken, nicht mal zu sagen, wenn um ihn zu viel Optimismus ist, *was* er aber sagt, ist, dass er sich keine Meinung leiste, man müsse sie sich erarbeiten, und er hat Besseres zu tun, fragt sich nur, was. In die Rinde eines Baumes eindringen wohl, zu Holz werden, endlich das Leben beginnen, Holz hacken?

Und an diesem Abend da an der Tür, also wo Schubal auf Armin trifft, das ist so ein Moment, eine Initialzündung, das ist die Premierenfeier eines Leander-Haußmann-Stücks, und genau genommen eigentlich gleichzeitig die Premiere von Ramses. Nur dass jetzt beide, und vor allem Schubal, sowohl *da* sind, Schubal wie gewohnt überall und nirgends, er aber auch gleichzeitig einen Stein anschiebt, wohl zum ersten Mal in seinem Leben, mit ziemlicher Sicherheit hat er das nicht beabsichtigt, und wenn er sich der ganzen Tragweite bewusst gewesen wäre, hätte er sicher Reißaus genommen, sich verdrückt, dematerialisiert, aber wie kann er das ahnen, was da in der chemischen Kombination mit Armin als Katalysator entstehen würde.

Aber greifen wir jetzt mal zurück und versetzen uns vor diese Tür. Innen, Paris Bar übrigens, also die Premierenfeier von Haußmanns Inszenierung von *Der Partyschreck* von Blake Edwards, Kurt Krömer in der Hauptrolle, das war ja *das* Ereignis der Saison in Berlin, Krömer löste sich langsam aus der dogmatischen Comedy-Ecke, -Sackgasse wohl eher, einem Genre, das langsam von Vollirren wie Mario Barth und Bastian Sick übernommen wurde, die ihre magere Botschaft in öffentlichen Massenaufmärschen zelebrierten, Krömer trat in die Fußstapfen Harald Schmidts, der ja auch ins »ernste« Fach wechselte, am Stuttgarter Stadttheater Brecht-Musicals inszenierte, Krömer war eine Offenbarung, so hatte man Hrundi V. Bakshi sicher noch nicht gesehen, mit dicker Hornbrille und diesem verschmitzten Grinsen, man weiß ja nie, ist das Überlegenheit oder Unsicherheit, oder beides, Haußmann hatte das damit beginnen lassen, dass an Krömers/Bakshis 30. Geburtstag ihm von einer mysteriösen Behörde der Prozess gemacht werden soll, angeblich wegen Tierquälerei. Und je mehr er seine Unschuld verteidigen will, desto tiefer sinkt er ins Gestrüpp undurchschaubarer Gesetze und menschlicher Verwirrungen. Bakshi muss schließlich erkennen, dass der Sinn dieses geheimnisvollen Prozesses die Sinnlosigkeit ist, seine Bestrafung ist die Vollverblödung, und am Ende taucht wie im Film der Babyelefant auf, den alle im Swimmingpool waschen, nur dass auf ihm nicht »Love, Peace & Understanding« steht, sondern »Geiz ist *nicht* geil« und »Ruf deine Mutter an«, Krömer als zerrissenes Zentrum hält das ganze chaotische Unternehmen paradoxerweise zusammen. Also, wir befinden uns jetzt auf der Premierenfeier, wo Abstand, Skepsis, Nabelschau und Depression nicht erwünscht sind, so was kommt dann am nächsten Tag automatisch mit dem Kater, und man weiß nicht, wer da wen reitet, die Skepsis den Kater oder andersrum. Draußen wie drinnen viel Volk, geladene Gäste, ungeladene, Freunde, Idioten, Speichellecker, Spucknäpfe, Auslaufmodelle, Lemuren, Gaukler, Phantasten, Eierdiebe, Winkeladvokaten, Fifty-Fifty-Clowns, Kofferfische, Ersatzschlingensiefs, Spastiker, Amöben, Glücksritter, Geckos, frisch geschlüpfte Truthähne, Hütchenspieler, schlecht gefickte Brotspinnen, viele haben es reingeschafft, auch ohne Einladung, Gästeliste plus eins, durch Fürsprache Dritter, Vierter, Fünfter, Schleimerei und Schalmeienspielerei auch, drinnen steht die schlechte Luft senkrecht, draußen genau das gleiche Bild, nur dass hier die Luft statt stickig frostig ist (November) und sie hier im Dunkeln stehen, eine Gesellschaft, die man zwar nicht sieht, wie Brecht das formuliert hat, sondern *nicht* nicht sieht, denn das einzige Licht, in dem sie stehen, ist das ihrer Zigaretten, an denen sie sich wärmen. Ein Glimmen, das aber bald versiegt, wegen dem frühen Novemberfrost, eine Folge der globalen Vergletscherung, sowohl klimatischer als auch gesellschaftlicher. Naturgemäß löste sich diese Runde rascher auf als jene ausgelassene innen, übrig bleibt ein immer mehr schrumpfendes Grüppchen, das sich eben am Ende auf Schubal und Armin reduziert, die Letzten beißen die Hunde, nach *dem* Motto hätten sie ja sogar noch etwas von der elenden Warterei gehabt, und sei es nur der Hundebiss. Aber es sollte ja noch besser kommen.

Schubal pocht an die verschlossene Tür, das sieht so kläglich demütigend aus, vor allem weil er nicht mit der ganzen Faust hämmert, sondern mit dem Zeigefingerknöchel klopft, etwas weiter abseits sitzt Armin, der auf seiner Digitalkamera die Fotos des Abends sichtet und ordnet, mit einem Auge, mit dem anderen beobachtet er die Szene an der Tür.

Jemand kommt raus und erklärt Schubal die Lage, man hört zuerst den belfernden Schubal, er stehe auf der Gästeliste, er sei ein Freund Haußmanns, der Türwächter könne diesen ruhig holen, der würde das dann bestätigen, der Wächter bleibt stoisch, lächelt mitleidig, denkt sich wohl, dass er immer wieder überrascht sei, wie weit die

Skala der grotesken Selbsterniedrigungstaktiken nach unten offen ist.

Schubal wirft ihm vor, er würde ja gar nicht auf der Liste nachschauen, und selbst Armin merkt, dass jetzt jedes Argument ihn in eine noch aussichtslosere Situation manövriert, nach innen vordringen zu können. Nicht nur dass er auf der Gästeliste stehe, er komme auch im Abspann vor, wo Leander ihm danke, Abspann, so, so, dem Wächter wird das jetzt zu seltsam, und er macht die Tür zu, drinnen Gejohle, Schubal schreit durch die Tür: Haben Sie den Film überhaupt gesehen, Sie Mandolinenfresser?

Armin, dem kalt geworden ist, nähert sich Schubal, auch weil ihm die Verfluchungsvokabel neu ist, sie klingt merkwürdig und zaubrisch indifferent, so, als könne er sich nicht richtig überwinden, richtig zu schimpfen, im Zweifelsfalle könne man dann ja wohl noch immer sagen, dass das respektvoll gemeint war, der Mann, der die Mandoline aß, Sau sei irreversibel, »du irreversible Sau« fällt ihm ein, lächelnd tippt er dem Zeternden auf die Schulter.

– Willst Leander sehen?

– Was? Was soll *ich* wollen?

– Hier.

Er hält ihm seine Digitalkamera hin, der Türsteher macht noch mal die Tür auf, schiebt seinen Kopf heraus, lächelt, so, als sei er froh, dass sich jemand des Irren angenommen hat, macht die kollegiale Daumen-nach-oben-Geste, ruft: Superfilm!

Schubal, hin- und hergerissen zwischen den Fotos auf dem Display der kleinen Agentenkamera und dieser Zahnlücke zwischen zwei Galaxien, ihm und innen, also der kleinen Chance der wieder geöffneten Tür, wird nervös, vor allem weil wohl selbst der Türsteher den Film mochte, aber Armin legt seine Hand ironisch mütterlich auf Schubals Arm.

– Es war kein Film, das war nur Theater.

Schubals Mimik changiert blitzschnell von anfänglicher Verblüffung zu beleidigtem Zorn, ein Wechsel zwischen unschuldigen 11 Uhr auf garstige 23 Uhr.

– Ich hab den Film nicht gesehen, beziehungsweise ich wusste nicht, dass es kein Film ist.

– Keinen Film kann man ja auch schlecht sehen, da geb ich dir Recht. Aber wenn du so gut mit Haußmann bist, wie kommt es, dass du nicht weißt, was er gerade so am Start hat?

– Wie sollte ich, hab ja noch anderes zu tun, is ja auch egal, Fakt ist, dass ich im Abspann steh.

– Theater hat keine Abspänne, Vorhang vielleicht, hast du den Vorhang genäht?

– Abspann vom *Herrn Lehmann*.

– So?

– Ich hab ihn ja gebeten, drauf zu verzichten, wer bin ich schon, dass er mir zu Dank verpflichtet sei? Und wenn, hab ich gesagt, dann mach nur ein SCH-Punkt.

– Ein Sch-Punkt, was soll das sein, ein Scheißpunkt?

– Schubal, wie der Heizer.

– Welcher Heizer?

– Der Heizer in Kafkas *Amerika*, kennst du wohl nicht.

– Nein, nicht gesehn, lief der bei der Berlinale?

– Auf der Berlinale, nicht BEI, man sagt ja auch ich fahre IN Urlaub.

– Und nicht BEI Urlaub, verstehe, ich heiße übrigens Armin, ist Schubal dein Vorname?

– Nein, Nachname, aber egal, ist innen ja jetzt sowieso stickig mit der Luft, die Klamotten müssen sie morgen lange auslüften, hab mich ja schon bisschen wieder beruhigt, innen klopfen sich alle auf die Schultern und gleichzeitig die Schuppen ab, und man schleimt sich gegenseitig voll, kennst du den *Römischen Gruß*, weißt du, wie der geht?

– Nein, wie geht der?

– Sich gegenseitig ankotzen, aber nicht, weil's einem schlecht geht oder man sich verachtet, sondern aus Liebe und Leidenschaft, ist so eine Art Vorspiel, auch eine Supermetapher. So läuft das da drinnen ab, ich kann ja dem betriebsblinden Türmann auch nicht wirklich böse sein, von ihm erwarten, dass er hier die Situ checkt, die Situation, dass er all die Typen kennt, die im engeren Zirkel von Leander sind, das hat ja auch so Handschlagqualitäten, das kennt der nicht, sein Handschlag geht eher in die destruktive Richtung, Handkantenschlag sollte man wohl eher sagen, hier ist halt »harte Tür« die Devise, ich werf ihm das ja nicht vor, ist halt sein Job, steht auf der untersten Stufe der Hierarchie, ist auch okay so, aber er ist halt ein Idiot und wird es bleiben, fühlt sich wohl, badet in dem schnell verblassenden Glanz der Typen, die er durchwinken darf, die ihn passieren, und IHM passieren, gnadenhalber, kriegt da ein bisschen Sternenstaub, wie ich das nenne, ab, kann er seiner Freundin von erzählen, wenn er um 5 Uhr morgens hier aus seinem Gorillajob rauskommt, armer Irrer, seine Freundin, wenn er überhaupt eine hat, diese Typen können ja nicht treu sein, wer will denn mit denen zusammen sein? Die angebliche Freundin wird sich schön dafür bedanken, wenn er sie aufweckt, weil er besoffen aus seiner Hose kippt, und sie muss früh raus, weil, sie ist ja Konditorin.

Schubal redet sich in Rage, man merkt, dass das ein Ventil für die eben an der Tür erlittene Schmach ist, er scheint zumindest jemand zu sein, der das, was er in sich hineinzufressen hat, qua Dampf abzulassen imstande ist, und dann auch noch phantasiebegabt (auch wenn Konditoren ja gar nicht früh rausmüssen, Torten werden doch erst am Nachmittag gegessen), Armin scheint das spöttisch zu bewundern, diese Chuzpe hätte er nicht, er, der von Prominenten zwar nicht direkt lebt, aber sie schwimmend umtändelt wie der Putzerfisch, so glaubt er, oder redet es sich ein, dass er ihnen in symbiotischer Art dient, wenn er sie mit seiner Kamera abfängt, er jage sie nicht, er fange sie ab, würde »ihr Leben protokollieren«, sie würden sich das ja auch anschauen, sagt er, Boris Becker hätte »mit Sicherheit« ein *Gala*-Abo, und würde die Zeitung von hinten nach vorne lesen, also dort anfangen, wo die Promiwimmelbilder sind, so redet er, auch wenn er weit davon entfernt ist, dass seine Bilder irgendwo veröffentlicht werden, außer in verschwitzten Internetforen, wie www promisichtung.de. Armin hinterfragt das gar nicht groß, er denkt, wer ins Rampenlicht drängt, oder durch eine okkulte Gnade dort hineingeraten ist, der darf sich nicht beschweren, Promis dürfen ja auch nicht klagen, der einfache Mann auf der Straße schon, den dürfe man nicht so einfach fotografieren, der genieße Persönlichkeitsschutz, Promis gehörten allen, das sei eben der Preis, dafür würden sie ja auch ordentlich profitieren, und Armin sei so einer, der ihren Marktwert doch nur steigere, das seien ja Konten, jedes Foto eine Anlage, eine Einzahlung, aufs Unsterblichkeitskonto, also jetzt nicht direkt die von ihm, Armin, sondern die der Branche, natürlich gebe es da schwarze Schafe, das seien die Jäger, die im Gebüsch säßen, wie Gebüschkatzen, aber das sei er nicht, er ist, wie er immer wieder sagt, der »Abfänger«, das stecke ja schon im Wort, fangen ist ja durchaus positiv konnotiert, wer fällt, den fängt man auf, den jagt man nicht auch noch, auf den Einwand, dass man Fallende sowieso so wenig jagen kann, wie man etwas werfen kann, das fliegt (Vögel), und Promis ja nicht prinzipiell fallen, sagt er, dass jeder von ihnen früher oder später fallen wird, Fehltritte über die eigenen Schuhe beispielsweise, oder über etwas stolpern, und sei es nur über eine dieser Gebüschkatzen.

Armin, auch er kein Berliner, lebt in der Stadt seit den frühen 90ern, kam kurz nach der Wende aus Worms, nur war ihm im Gegensatz zu Schubal seine Herkunft nicht peinlich, er musste sich nicht wie viele Zugereiste bis zur Selbstaufgabe, zur Unkenntlichkeit assimilieren, Assimilierungsasseln (»Assi-Assi«) nennt er all jene, die sich ganz schnell auf Biegen und Brechen den schnoddrigen

Taxifahrerjargon zulegen, um die Spuren ihrer Herkunft zu tilgen, Berlin kann schon noch ein bisschen Worms vertragen, so sein Motto. Seine Kindheit und Jugend, er konnte sich in ihr frei wie ein Zelt entfalten, man förderte ihn, warf ihm nichts in den Weg, sein soziales Netz war ein engmaschiges aus lauter Onkel Werners, jeder Menge Omas und Opas, und die üblichen Bennis, Patricks und Olivers, Zuwendungen aller Art kamen, ohne dass er um sie buhlen musste, von allen Seiten, und das wird der große Unterschied sein zu Schubal, einer redet über Worms, der andere nicht über Uelzen, was hier das Netz war, war dort die Mauer. Des Schweigens nämlich. Ein einziges Mal hat Schubal über die Mutter geredet, dass sie ihm wohl mal einen Camembert auf den Tisch geworfen hätte, da war er in der Pubertät, hier iss, einziger Kommentar, das sei als Luxuszuwendung gemeint, ein französischer Weichkäse, er biss in ihn wie in einen Apfel, er hatte ja auch nie gelernt, wie man einen *Kammbert*, wie die Mutter ihn nannte, isst, man muss gar nicht *mehr* erzählen, um sich das ganze dunkle Elend, das sich da in Uelzen am Küchentisch und überhaupt zusammengeballt haben muss, vor Augen zu führen. Klammheimlich wird er nach Berlin gegangen sein, die Mutter wird nicht wissen, wo er steckt, was er macht, denn das weiß er vermutlich selber nicht, vielleicht denkt sie, dass er noch irgendwo in der Wohnung herumsteht, reglos.

Armins Weggang hingegen wurde groß zelebriert, Mutter weinte, Onkel Werner besorgte den Umzug, fuhr noch mit, der Vater war ja gelähmt, hüftaufwärts, nahm ihn in Berlin sogar mit in den Puff, steckte ihm 100 Mark zu, sagte, er müsse kurz weg, damit er bei Armins »Erstkontakt mit den Außerirdischen«, wie er scherzhaft sagte, nicht auch noch anwesend sein müsse, das lähme ihn unter Umständen, er gehe mal um den *Block*, Armin trank diesen doch relativ teuren Sekt, den die Wirtin ihm immer wieder nachschenkte, dann noch einen Kiwilikör, und noch einen zweiten, und als die eine Dralle, mit der er so verkrampft, gespielt teilnahmslos plauderte, über seine Zeit beim Zivildienst, in der Großküche des Eisenbahnerwohlfahrtheims, dass sie da immer Margarineschlachten gemacht hätten, die Kollegen und er, also mit Margarine rumgeschmissen und an die Decke gefeuert, wo die Klumpen dann zwei, drei Tage, manchmal auch nur Stunden (im Sommer) kleben blieben, bis sie sich dann lösten und einem Unbeteiligten auf den Kopf oder sonst wohin fielen, Margarinebingo nannten sie das, er hätte da 18 Monate ja immer nur Tabletts gewaschen, würde sich aber nicht beschweren, es war keine schöne, aber auch keine unschöne Zeit, als die Animierdame ihn dann also irgendwann mit auf ein Zimmer nahm, ja sogar drängen musste, da wollte er weiter und weiter reden, um diese schier ohnmächtig machende Diskrepanz zwischen seiner Unsicherheit und seiner enormen Erregung einigermaßen zu kaschieren, ihm war peinlich, was hier quasi zur Grundausstattung, zum Rüstzeug gehört, oben dann im Zimmer, alles rot, das ganze erregte Blut im Unterbauch, da drehte sich ihm alles, und dann war das auch zu viel, er musste sich übergeben und kotzte sie an, von oben bis unten, Hulda hieß sie, das sagte sie ihm unten noch in einer Pause zwischen zwei Margarineanekdoten, er stellte sich ihr als Roger vor, »Geschäftsbeziehungen« in »solchen Vereinen« nie unter dem echten Namen, wie ihm Onkel Werner einschärfte, jetzt war Hulda fuchsteufelswild, schimpfte, und das ist auch etwas, was ihm einfiel, als Schubal vorher vom *Römischen Gruß* redete, natürlich kannte er das, nur eben einseitig und ohne etwas anschieben zu wollen, nun wollte Hulda 150 Mark haben, weil ja der Teppich, der Samtüberzug des Bettes und ihre rotweinroten Dessous verdreckt seien, von der Demütigung ganz zu schweigen, Reinigungs- und Schmerzenszulage sozusagen, Zulage zu was? Dachte er, als er dann wieder runter ging in den Barbereich, da stand schon Onkel Werner, machte augenzwinkernd die offenbar unvermeidliche Okay-Geste mit dem Daumen, er konnte trotz Armins Fahlheit nicht wissen, was da oben gelaufen war, nämlich nicht mal nichts, sondern etwas schrecklich Deprimierendes, wozu er dann sogar noch mal 50 Mark brauche, zumindest den letzten Teil mit dem Geld erzählte er, klingt nach den sogenannten Sonderwünschen, obwohl sich Armin nicht im Geringsten vorstellen konnte, was es für Sonderwünsche geben könnte, damals zumindest nicht, noch nicht, worauf der gute Onkel einen *Fuffi* aus dem von vielen alten Bons und Belegen gebeulten Portemonnaie zog und ihm verschwörerisch unterm Tresen zuschob, Armin ging nach oben, wo Hulda fluchend und im rosafarbenen Frotteebademantel mit ätzendem 4711-Kölnischwasser auf Knien den Teppich putzte, er gab ihr die noch ausstehenden 50 Mark und verabschiedete sich entschuldigend, und sie siezend, was er vorher nicht getan hatte, wobei ihm auffiel, dass jetzt ihr Name viel besser zu ihr passe, wie sie da auf dem Teppichboden kniete, Hulda als erotische Dienstleisterin passe da weniger, auch sie verabschiedete sich dann noch gespielt wehmütig, mach's gut, Roland, obwohl er ja eigentlich Roger hieß, zumindest hier. Noch mehr Chaos knüllte sich zusammen, als er sich vorstellte, Hulda, die er ja jetzt siezte, anders als Frau Hulda anzureden, er hätte sie extra noch fragen müssen, wie sie »hinten« hieße, es würde immer intimer werden, obwohl er sich von ihr immer weiter entfernte, umgekehrtes Kennenlernen sozusagen, er konnte es nicht richtig erklären, hatte nur das Gefühl, dass zwei gegeneinander arbeitende Kräfte versuchten, parallel zu laufen. Als der Onkel ihn dann beim Verlassen der Bar unterhakte, meinte er, so, jetzt, wo du kein Kind mehr bist, werde ich es dir sagen, deine Mutter und ich, also ich bin jetzt dein neuer Vater. Armin nahm an, das beziehe sich auf sein väterliches Kümmern, doch nach einem halben Jahr war sein biologischer Vater tot, und der Onkel und die Mutter zogen zusammen, da war es klar, was da offenbar schon viele Jahre im Versteckten gärte, sein gelähmter Vater tat ihm nachträglich leid, und er assoziierte das Mannwerdungsgeschenk seines Onkels mit dessen Freikaufen von Schuld, und Armin gratulierte sich, dass er das Geschenk nicht angenommen hatte, bzw. verweigern konnte, jetzt wurde die vollgekotzte Hulda in seiner Biografie nachträglich zu einer ganz besonderen Landmarke.

Die Kälte kriecht der Schicksalsgemeinschaft in die Ärmel und Hosenbeine, ja, sogar in die Schuhe, Armin schlägt einen Ortswechsel vor, »wo's warm ist«, man einigt sich aufs *White Trash*, auch unter dem unausgesprochenen Gesichtspunkt, dass dort versprengte Premierenbesucher aufkreuzen könnten, das *White Trash* ist ein angesagter, sehr nervöser Club in der Schönhauser Allee, der seine Zeit, sein Verfallsdatum bereits etwas überschritten hat, ist aber immer noch ein »Spitzenhangout« wie Armin behauptet, Schubal kennt den angeblich gar nicht, in Wirklichkeit hat er sich da noch nie reingetraut. Im Lokal ist es sehr laut, Schubal muss schreien:

– Supergemütliche Hütte, kommst du oft hierher?

– Früher war das eindeutig besser hier in dem Laden, bevor die ganzen zugereisten Mittezombies das hier übernommen haben, echte Berliner findst du hier nicht, die hat man weggeekelt, na ja, das ist wohl Evolution, wie heißt du noch mal?

– Schubal, hab ich doch schon gesagt.

– Du Schubal du? Oh, da kommt grad Stuckrad-Barre, ich fass es nicht, und gerade jetzt spinnt meine Kamera, kannst du vielleicht?

– Was?

– Ihn abfangen?

– Abfangen?

– Knipsen halt.

– Du meinst abschießen? Nein, das mach ich ganz sicher nicht, abknipsen, eine Fahrkarte knipst man ab, aber Menschen sind keine Fahrkarten, sollten wir das nicht respektieren, wenn der hier mal als Privatperson auftaucht und seine Ruhe haben will, inmitten des Lärms?

– Mann, reg dich ab, der ist nun mal ein Promi, und das ist der Preis, den man in dieser Liga zahlen muss, jeder Job hat seine kleinen unangenehmen Seiten, erst kommt die Verlockung im Licht, dann der Schatten und dann die Fahrkarte zum Schafott.

– Ich hab jetzt eben gar nichts verstanden, also das Letzte mit dem Schatten, soll ich mal was zu trinken holen?

Schubal muss wirklich sehr laut schreien, und als Armin nickt, drängelt er sich zur Bar durch, schreit:

– Zwei Bier, bitte.

Die stark tätowierte Barfrau schiebt ihm zwei Beck's Gold hin:

– 8 Euro.

– Was? So teuer? Moment.

Schubal geht noch mal zurück zu Armin, der inzwischen einen niedrigen Tisch ergattert hat, an dem er auf einer Art Kinderstühlchen sitzt.

– Kannst du mir 4 Euro leihen, äh, geben, hab ganz vergessen, Geld mitzunehmen.

– Ja, hier, aber »Wiedersehn macht Freude«.

Schubal bringt das Bier.

– Was ist DAS denn? Hab ich nicht gesagt, du sollst Bier holen?

– Wieso? Is doch Bier.

– Bitte, das kann man doch nicht trinken, ach, Mann, whatever, ist Pisse, wird zu Pisse.

Sie trinken und schweigen, und schweigen und trinken, weil Reden wegen der Lautstärke doppelt so viel Aufwand an Energie kostet und sich beide deswegen gut überlegen, wie sie diese Energie sinnvoll einsetzen, das ist so wie Gehen auf Kies, ein Schritt = zwei Schritte, ihren frisch aufbereiteten Sauerstoff mit schnödem Smalltalk zu verschwenden, dafür erscheint er ihnen zu kostbar, wo kommst du her, was machst du so, wo wohnst du, das könnte man ja immer noch mal fragen, das läuft ja nicht davon, und wenn man am Ende doch drauf kommt, dass man sich nicht mag, muss man wenigstens *diesen* Ballast nicht mit sich rumschleppen, schon lästig genug, denkt sich Armin, dass er jetzt jemanden kennt, der so heißt wie einer aus einem Kafka-Roman, denn diese Mitteilung wird sich mit Sicherheit nicht so schnell wieder abschütteln lassen.

Armin hat sich als Erster gesammelt und wagt einen neuerlichen Vorstoß:

– Was hast du für Haußmann eigentlich gemacht, dass er dir danken würde? Im Abspann von *Lehmann*?

– Was ich da gemacht hab, du meinst, welche Leistung, oder was?

– Oder hast du dir noch keine Geschichte ausgedacht? Dann red einfach los, ich hör gerne zu. Kleine Ungereimtheiten stören mich auch nicht.

– Angefangen hat es bei Maxim Biller, als er gerade aus München nach Berlin gezogen war, geflüchtet wohl eher, da hat er 'ne ganze Runde in den Roten Salon eingeladen, geschlossene Veranstaltung, hatte was von einer Flüsterkneipe, man kam nur rein, wenn man ein bestimmtes Codewort hatte, das man eine Stunde vor dem Treffen per SMS bekam (das Stichwort war natürlich Arse, wie »lustig«, Esra umgedreht), er zeigte so Filmchen, die er selbst für YouTube gedreht hatte, oder ließ das von einem anderen erledigen, Joachim Lottmann oder einem seiner anderen Vasallen, wenn er selber mal im Bild sein und was sagen wollte, was er weiß Gott nicht selten tat, Wackelkamera, unscharf alles, wie Dogma, also Dogma früher, das wurde dann mit einem Beamer direkt aus dem Internet an die Wand geklatscht, es war so eine angetrashte, private Esra-Dokumentation, wo er Leute befragte, teilweise auch auf der Straße, die sollten sagen, wie sie mit Zensur und so umgehen, *Mephisto* und so, das muss man sich mal vorstellen, ein Bäcker mit staubiger Schürze oder eine Blumenverkäuferin soll sich zu *Mephisto* äußern, hat sich auch selbst gefilmt, wie er heult, dass ihm das alles leid täte, Esra wäre sein Archipel Gulag und Rainald Goetz hätte nur Gulasch im Kopf, Mann, war das peinlich, wie ein Häufchen Elend, grau, ungepflegt, irgendwie gerupft hockte er da, zitternd wie ein Kolibri, der friert und ein viel zu dickes Ei legen will, aber nicht kann, er hingegen wolle Esra wieder zurück, er könne verzeihen, haha, dann zeigte er noch ein Exemplar von Esra rum, das er ihr gewidmet und wohl geschickt hatte, *Ich liebe dich, hör auf dein Herz, lass dein Ohr entscheiden, es ist nur Druckerschwärze auf Papier* stand da – mit Bleistift! Und drunter mit dickem Filzstift: DU KACKBRATZE! Das sei von ihr, und so zurückgekommen, das sollten wir uns mal vorstellen, das ist Kälte pur, echte Kälte, Esra ist das verknöcherte

KPdSU-System, Betonknochen, Strafgericht mit Flammen, nichts anderes. Nur Freunde anwesend, die betreten auf den Fußboden und entsetzt in die Ecken starrten. Da habe ich so neben Leander gesessen und wir waren peinlich berührt von dem, was sich Biller da zusammengereimt hat. »Meine einzige Chance ist, meine eigene Gruppe 47 zu gründen. Ich bin meine Gruppe 47. Ich muss mich selbst kritisieren dürfen.« Blind hätten sich Haußmann und Schubal verstanden an diesem Abend. Und dann hat er angefangen, von diesem Thema zu reden, das er jetzt im Film verarbeitet hat, also nicht Biller mit seinen Märtyrer-Wackelfilmen, Leander meine ich. Ich hab ihm erzählt, aus meinem Leben, was da so geht und nicht, und das hat ihn inspiriert, hat er gesagt. Ich weiß nicht, was da wahr ist, aber später hat er gesagt, wenn ich den Film sehe, bei der Premiere, dann werde ich mich in der Hauptfigur erkennen. Aber das bezieht sich jetzt nicht auf *Lehmann*, das war wegen was anderem, das mit meiner Sache, das kommt ja noch, ich hab das gar nicht mitgekriegt, dass der noch gar nicht fertiggestellt ist und so, ich dachte, zumindest im Rohschnitt gäb's da was zu sehen, deswegen dachte ich ja vorhin bei der Paris Bar, dass die den da zeigen, *Der Marbert-Mann*, so soll der heißen, und könnte der heißen, Arbeitstitel, kann ich dir ja mal später erzählen, ist etwas länger, die Geschichte, und wie und was und so.

– Glaubst du das jetzt eigentlich? Gehst du später nach Hause, mit der Geschichte im Kopf, und erinnerst dich dann wirklich daran? *Der Marbert-Mann*, wie das schon klingt. Wie der Marlboro-Mann.

– Ich muss nicht glauben, was ich erlebt habe. Oder musst du dir morgen einreden, dass wir hier gestanden haben, mit dem Beck's in der Hand? Weißt du das morgen noch, oder zweifelst du daran? Oder glaubst du es?

– Ja, nun beruhige dich doch, ich kenn das ja auch, diese Blackouts, dass man felsenfest davon überzeugt ist, etwas erlebt zu haben, und dann war das nur ein Traum, oder andersrum, man hat irgendeinen Blödsinn gemacht, irgendwas ganz Dummes, und daran kannst du dich nicht mehr erinnern, dann muss erst einer kommen, und ich erkenn das dann schon so an dem süffisanten Grinsen, dass da letzte Nacht irgendwas gewaltig aus dem Ruder gelaufen sein muss, nur weiß man nicht mehr, was, Hosen runtergelassen, mit irgendwem geknutscht, alle haben das gesehen, in einem fremden Bett aufgewacht, vielleicht neben der eigenen Mutter, und man hat plötzlich ein dickes Riesenrohr, etwas so Irrationales, dass man sich das gar nicht hätte ausdenken oder träumen können.

– Ja, kenn ich, aua aua, jetzt nicht nur der Kopf danach, sondern auch diese peinliche Situation, ich hab ja mal, ach nein, lass ich jetzt lieber, Bier noch?

– Ja, ich hol diesmal, halt mal hier frei, komm gleich.

Armin stemmt sich aus dem engen und kleinen Kinderstühlchen hoch, kommt nach einiger Zeit mit zwei Beck's Gold wieder zurück, augenverdrehend:

– Ich versteh nicht, warum die Tusse uns immer diesen gelbflockigen Blasentee gibt, ich sag zu ihr Schultheiss, das Bier des Dorfschulzen, »dit is Berlin«, man muss sich ja immer abgrenzen, um am Ball zu bleiben, antizyklisch trinken, gegen den Strom schwimmen, oder gegen die Herde trinken, aber ich dring zu der Frau nicht vor, die gibt mir das doofe Beck's Gold, na egal, ist Pisse, wird zu Pisse, letztlich.

– Schultheiss, genau, das muss man trinken, das haben die ja auch immer in *Herr Lehmann* getrunken, Ulmen, irre komischer Typ, was hat der immer gesagt zu Buck, gib mal ein Schult, machmirman Schult? Lass Schult rüberwachsen? Mach Schulli klar, so was, Spitzenfilm, der ist ja aus Bremen, also der Autor jetzt, der, wie heißt denn der jetzt noch schnell, so ähnlich wie Lehmann, der ist wie gesagt aus Bremen, und da ist das, also diese Formulierung mit dem Schult, »Bring Schult« so was in der Art, ist dort Volksmund, so wie Werner Beinhart mit seinem »Tass Kaff« und »Flasch Bier« in Flensburg, da sagt das ja jeder, nein, Bölkstoff sagen die, genau Bölkstoff, musst mal sagen, dreimal hintereinander Bölkstoff, das ist doch unglaublich komisch, Kult, Werner Beinhart, das sind ja so unsere deutschen Komikklassiker, die Säulen, auf denen alles steht, also unsere Humorkultur, der mickrige Rest von dem, was die Nazis aus unserem Land geekelt haben oder gleich umgebracht, das, in den Ofen gesteckt, was sich dann aus der Asche mühsam wieder entwickelt hat, das geht eine Linie, Heinz Erhardt, Werner Beinhart und dann kommt lange gar nichts, und dann kommt meinetwegen *Schuh des Manitou*, Bully Herwig, nein, Otto war dazwischen, aber wie gesagt, *Herr Lehmann* war auch nicht unwitzig, »Machma Schult, Mama!«, Klassiker.

– Nein, die haben Beck's getrunken.

– Echt? Aber dann das richtige, das aus der grünen Flasche zumindest, das hier ist doch echt zu vergessen, ist ja auch richtig süß, warm sowieso, frag mal nach einem Strohhalm, haha, nein, bitte nicht, sonst macht die das echt, also SO antizyklisch muss ich jetzt auch nicht sein, das fällt ja sonst auf und man ist plötzlich ein Schwuli oder so was, warme Schwester vom andern Ufer, das kommt hier in dem Laden vielleicht nicht so gut, ist der Ruf erst ruiniert, lebt sich's gänzlich ungeniert, alter Spruch, muss schon auch ein bisschen Restwürde noch da sein.

– Restwürste? Autsch, blöder Witz, hab aber schon jetzt auch ein bisschen einen klitzekleinen Hunger, aber Bier ist ja ein halbes Brot, hat Buck ja auch immer im Film gesagt, sättigt zumindest für einen Moment, wegen dem Hopfen wahrscheinlich, Hopfenkaltschale, auch gute Formulierung, das haben sie immer in der DDR gesagt, wie »Jahresendzeitfigur« für was oben auf dem Weihnachtsbaum befestigt wird, so ein kleiner Engel, »Engel« konnten sie nicht sagen, wegen Kommunismus.

– Ich hab nicht »Restwürste« gesagt, was soll denn das sein? Restwürde, die muss man sich erhalten, Mann, ist das laut hier, hol du doch mal ein paar Nüsse oder so was, wenn die das haben, und noch mal Bier, ich find das gar nicht so schlecht, man gewöhnt sich dran, du, ich geh mal kurz aufs Klo, in die (macht ironisierende Gänsefüßchen) Porzellanabteilung.

Armin geht wieder zur Bar, hat gar nicht mitbekommen, dass jetzt eigentlich wieder Schubal dran wäre, er kommt wieder mit dem Bier, gleichzeitig mit Schubal, der vom Klo kommt und seine nassen Hände schüttelt, weil es offenbar weder Handtücher noch Warmgebläse gibt, ihr Platz ist inzwischen besetzt, da sitzt jetzt Stuckrad-Barre mit einem sehr hübschen Mädchen, Typ Model. Schubal wird verlegen, zieht Armin am Ärmel.

– Komm mal weg von hier, bisschen ungünstige Situation jetzt, lass uns mal nach draußen gehen, ist ja so laut hier. Irre, unglaublich, was ich da eben auf dem Klo gesehen hab, so was würd ich aber nicht fotografieren, wenn ich ein Fotohandy hätte oder so was.

– Was war denn? Kokser? Blaskonzert?

– Blaskonzert? Nein, Stucki stand mit mir da an der Nebenmuschel, und der konnte einfach nicht, kennt man ja, Ladehemmungen oder wie das heißt, und dann hat er das Beck's Gold da einfach reingeschüttet, total lustige Aktion, gute Ersatzhandlung, ziemlich spontan, ich hab gelacht und ihm zugezwinkert, er hat dann aber nur ganz streng geguckt, war ihm wohl peinlich, ich wollt dann noch »Ist Pisse, wird zu Pisse« sagen, was du vorhin gemeint hast, aber da war er schon weg, jetzt sitzt er auf unserem Platz und gräbt die Schnecke an, lustig, ich kenn die, das ist die, von der ich vorhin erzählen wollte, also diese Blackoutgeschichte.

– Echt, du kennst die? Dann weißt du ja, dass die bei *Bild Online* schreibt, die hat ja auch mal was mit Robby Williams gehabt, ANGEBLICH, hab ein Foto von beiden gesehen bei *Bon*, also *Bild Online*.

– Ja, klar, aber als ich mal mit ihr, also, das hat ja auch jeder gesehen, Mann, war das peinlich. Und jetzt bin ich Lochschwager von Robby Williamsbirne, lustig.

– Lochschwager? Was war denn?

– Na, sie hat mir so ihren Rotwein über die Hose geschüttet, aus Versehen.

– Ach so, und dann mit Salz die Flecken entfernt, und jeder dachte, sie würzt deinen kleinen Schubal, und wird ihn gleich verschlingen wie eine Wurst, die letzte Restwurst vor der Autobahn.

– Nein, sie ist dann weggegangen, und ich musste den Wein auch noch zahlen, Achtung, still jetzt, Stucki und die Alte kommen.

Die beiden drehen sich weg, Stuckrad-Barre und seine Begleiterin gehen vorbei, sie scheinen sich hier nicht wohlzufühlen, ihr Blick suchend, sie streben dem Ausgang entgegen. Schubal beugt den Kopf schamhaft ganz weit nach unten, seine Wangen glühen rot wie ein sterbender Lachs, er zischt: Fffftze.

Stuckrad-Barre dreht sich um, schaut verblüfft Schubal ins Gesicht

– Was? Wie bitte?

Schubal ist nervös, grinst maskenhaft:

– Fortsetzung.

– Was denn für ’ne Fortsetzung?

– Fortsetzung folgt, Wiedersehn macht Freude, so was in der Art.

Unglaublich peinliche Situation, man merkt, Stuckrad und seine Begleiterin kennen die beiden gar nicht, Schubal wird extrem verlegen, wie ein Kind, das kurz davor ist, loszuweinen, hilflose, riesengroße Augen, die Röte ist entsetzter Blässe gewichen, Stuckrad herrscht sie forsch an:

– Hab ich was vergessen, schulde ich dir was?

Armin kommt Schubal zu Hilfe, er merkt, der kriegt jetzt gar nichts mehr raus:

– Er wollte nur sagen, äh man sieht sich, hallo, erst mal. Schon am Gehen? Hello Goodbye.

– Ja, zu laut hier und zu stickig, ja, man sieht sich, jetzt gerade Zett Be in diesem Moment sieht man sich.

Armin und Schubal lachen gekünstelt.

– Seid ihr hier die Besitzer von dem Laden, dass ihr hier so die Gäste persönlich verabschiedet?

Schubal: Nein.

Armin: Ja, sozusagen, auf eine Art irgendwie.

– Wir sind, wir kennen äh jemanden, der …

– Ich war hier mal Geschäftsführer, stellvertretender.

Stuckrads Begleiterin hört jetzt intensiver zu, ihr vormals künstlich gelangweilter Blick wird entspannter: Das muss aber lange vor dem Umzug gewesen sein.

Armin taut plötzlich auf, man merkt, dass ihm Smalltalk Spaß zu machen scheint:

– Ja, ganz am Anfang.

– Als Mitte noch Mitte war und nicht Malle, hat Jan Delay neulich in einem *Spiegel*-Interview gesagt.

Auch Stuckrad will ein bisschen reden:

– Ja, hab ich auch gelesen, Jan ist hier? Wo? Der schuldet mir noch …

Schubal hyperventiliert:

– Jan hab ich vorhin auf dem Klo gesehen, mit dem anderen Jan, Jan und Jan, lustig, wie Klaus und Klaus.

– Welcher andere Jan?

– Von den Ärzten der, Jan Vetter, Farin Urlaub.

– Echt, der geht in so eine verrauchte Mitte-Verlade? Glaub ich nicht, und der ist mit Delay am Klo? Delay beim Pissen, muss lustig sein, verzögertes Pissen, nicht können, kennt man ja, nicht wahr?

Stuckrad zwinkert Schubal zu, aber nicht hämisch, sondern mitleidig generös, Schubal wird wieder rot, sein Gesicht glänzt wie ein gewachster Apfel, Armin scheint die Anspielung überhört zu haben:

– Mitteverladestation, haha, lustig, und Farin lässt beim Pissen einen FAHREN, apropos können und nicht müssen beziehungsweise umgekehrt, ich glaub, wir müssen dann mal.

Armin tut so, als dränge er zum Aufbruch, Schubal scheint sich aber etwas gefangen zu haben, wird durch die Dreistigkeit Armins ebenfalls übermütig:

– Trinkt ihr was?

Zur Begleiterin:

– Einen Rotwein?

– Ich trinke keinen Wein, krieg ich immer Sodbrennen von.

Stuckrad scheint es plötzlich ebenfalls nicht mehr so eilig zu haben, hier wegzukommen:

– Ach komm, Lydia, können wir ja noch bisschen bleiben, auf Christophs Fete ist vor elf ja sowieso noch nichts los.

Jetzt wird Armin wieder munterer:

– Ah ja, Christoph, die Schlinge, oder? Ach, geht ihr auch zur Party?

– Sicher, wieso?

Schubal kommt mit vier Beck's Gold zurück, flüstert mit Armin, dass der bitte zahlen möge, jemand hätte ihm eben am Klo sein ganzes Geld geklaut.

Lydia strahlt:

– Ah, super, ich dachte schon, du bringst das bittere in der grünen Flasche.

Auch Stuckrad scheint das Bier zu gefallen:

– Das hier trinkt sich ganz gut weg, Rainald und ich hatten mal so 'ne Phase, wo wir das mit Strohhalmen getrunken haben, fährt schneller ein, bisschen auch wie Corona, erfrischt mehr als das klebrige Prologesöff, das sie hier auch noch haben.

Schubal wird jetzt auch warm, vor allem, weil der selbstsicherere Armin gerade an der Bar ist und die vier Bier bezahlt:

– Ja, Schultheiss, das trinken nur Bremer, Schulle nennen die das, Bremer sind das, was früher hier die Schwaben waren, Assimilierungsasseln, Assi-Assi, so nenne ich die, Bremer, Synonym für Kleingeistigkeit, der frühe Muff, nein, unter den Talaren, der Muff der frühen Jahre, die kommen hierher, um sich auszulüften, ich meine, kleines Bundesland, das sagt ja wohl alles, kleine Hosenbrüder, Freud, Symbol, manchmal ist eine Zigarre eben nur eine Zigarre usw.

Stuckrad, vollkommen ungerührt:

– Ich komme aus Bremen.

Schubal wird kurz wieder unsicher:

– Hab ich Bremen gesagt? Bremerhaven, das kleine Anhängsel von Bremen, vorhin war 'ne ganze Busladung von Leuten aus Bremerhaven hier, die haben sich aufgeführt, direkt peinlich, die dachten, das hier wär Malle, unmöglich.

– So sieht's auch aus, wie Malle, Molle Mitte, haha, ich mag das hier nicht besonders.

Armin ist wieder da, schreit Schubal an:

– Sie gehen nachher auch zu Christophs Party.

– AUF Christophs Party, aber welcher Christoph jetzt?

– CHRISTOPH!

Armin macht eine flehentliche Mimik, Schubal soll verstehen:

– Scheitern als Chance 2000, Bayreuth, in den Wolfgangsee pissen, damit der dicke Helmut Kohl ertrinkt.

Stuckrad ist neugierig: Woher kennt ihr ihn?

Armin ist froh, von Schubals Ahnungslosigkeit ablenken zu können.

– Ach, noch aus Mülheim, schon ewig her, aber der Kontakt ist nie abgerissen.

Schubal, flüsternd: Welcher Christoph?

Armin, extra laut für Schubal: – ICH FINDE JA, SCHLINGENSIEF WAR FRÜHER BESSER!

Stuckrad: Wie besser, was war besser?

– Die Filme.

– Na ja, mal abwarten, wie der aus Afrika wird, er zeigt ja heute so ein paar Proben, bin mal gespannt, Patti Smith in Namibia, haha, dieser Schnurrbart (zu Lydia): Geh, frag mal den DJ, ob er *Because the Night* von Patti Smith hat, ich brauch das jetzt (singt mit geballter Faust): Because the night belongs to lovers …

– Frag du doch, bin ich dein …

– Is ja schon gut (geht zum DJ).

Schubal will witzig sein, zu Lydia: Oh-oh, dicke Luft?

– Ja, ziemlich schlechte Luft hier in dem Laden, aber wir gehen dann auch gleich, danke für das Bier, übrigens.

Schubal will kumpeln.

– Stuckus ist ja ein ganz ein Lieber, oder?

– Stuckus?

– Stuckowski, Stucker, Stuckmann, Stuckenbold, Barrenstucker.

– Barrenstucker? Ach so, Ben. Ja, kann man sagen, wenn er sich nicht dauernd zum Obst machen würde, das blüht ja jetzt leider, wenn er das Lied anfängt mitzusingen.

Schubal spielt an der Flaschenhalsöffnung, in der sein Zeigefinger plötzlich stecken bleibt.

– Ach, menno.

Lydia kichert.

– »Menno« kann man ja auch nicht mehr sagen.

– Hab ich ja jetzt auch eher so gemeint …

Er macht pantomimische Gänsefüßchen, wie er es bei Armin gesehen hat, nur hat er am rechten Zeigefinger noch die Flasche hängen, wodurch die ironisierende Geste ihrerseits zur Ironie wird.

– Mitte, Malle, Menno.

– Klingt wie Schnipp, Schnapp, Schnupp, das Spiel mit Stein, Schere, Papier.

– Das heißt Schnick, Schnack, Schnuck.

Stuckrad kommt wieder.

– Er hatte Patti Smith nicht, der Loser, aber lustig, »Männer rauchen Pfeife« von Herbert, hätt ich nicht gedacht, dass die das hier spielen.

Schubal: Spielen wir?

Barre: Was?

Armin, böse: NEIN, das wollen wir jetzt NICHT spielen.

Lydia: Ach, wieso denn nicht, komm, ist doch lustig, um ein Bier?

Sie macht das Spiel mit Schubal, Armin schaut mitleidig, Schubal macht eine komische Geste, eine Hand mit gespreizten Fingern, er feixt, während Lydia zum wiederholten Mal den Stein macht, so als kenne sie nur den.

– Was ist DAS denn, zerrissenes Papier?

– Nein, saurer Regen, gewinnt immer.

– So will ich das nicht spielen, mit eigenen Regeln, das ist doof, so kann man leicht gewinnen.

Stuckrad schnippisch: Hat Bastian Sick die Regeln verboten, oder was?

Armin: Sick sucks, der Sack, aber volle Socke.

Schubal versucht zu zitieren: Der Apostroph ist der Dativtod des Genitivs.

Stuckrad: Es gibt keinen Dativapostroph.

Armin, anbiedernd: Hier spricht der Fachmann – und der Laie wundert sich, haha.

Schubal lacht maskenhaft mit: Fachmann für Kenner, oder? Lest ihr noch Titanic?

Armin zu Stuckrad: Die haben doch immer Bilder von dir gedruckt, auf denen du aussiehst wie dieser Killer aus den USA, oder? Der UNO-Bomber.

Stuckrad: Und dann haben sie wieder aufgehört und sind alle nach Hause gegangen.

– Ja, mein ja nur …

– Kennt ihr die Steigerung von Bastian Sick? Bastian Sicker – und dann Kotzen.

Lydia: Das stimmt doch gar nicht. Ich arbeite nämlich zufällig bei *Spiegel Online* und daher kenne ich den Bastian. Und der ist privat echt supernett.

Armin und Schubal sehen sich an, beide denken das Gleiche, paralleles Denken, wieso kennt sie Sick, sie arbeitet doch bei *Bild Online*, will sie sich aufwerten?

Schubal: Ja, nee, klar. Das mein ich auch nicht. Ich fand das nur schwul.

Lydia: Bist du jetzt auch noch Schwulenhasser, oder was?

Schubal: Nee, ich mein doch schwul im Sinne von, also, nicht von schwul, sondern anders halt.

Stuckrad zu Armin: Sag mal, kenn ich dich eigentlich irgendwoher?

– Was? Glaub nicht.

Lydia: Ben glaubt immer, dass er alle kennt. Du sagst doch immer, dass du jedes Gesicht wiedererkennst, wenn der Körper, der dran hängt, auf einer Lesung von dir war. Wie sagst du das immer?

Stuckrad: So ähnlich.

Armin: Ja, dann bin ich der lebende Beweis. Ich war bei dir, als du in, ich glaube Hannover oder so, als du das Singlealbum gelesen hast.

– Soloalbum.

– Danke.

Im Hintergrund beginnt von Missy Elliott das Stück *Get Ur Freak On*.

Stuckrad, begeistert: Geil! Missy Elliott!

Lydia: *Get Your Freak On*!

Die beiden hüpfen an eine freie Stelle im Club und beginnen zu tanzen, ein wilder Hopstanz, Taktgefühl haben beide nicht unbedingt.

Armin und Schubal sind wieder allein, Schubal, schmollend: Missy Elliott. Die ist auch undankbar.

– Wie meinst denn das?

– Na, ein Danke auf einer ihrer CDs an mich wäre schon okay gewesen.

– Wieso glaubst du, dass Missy Elliott dich kennen könnte, wollte, und wofür sie sich ausgerechnet bei dir bedanken sollte? Könnte, wollte, sollte …

– Na ja, weil, ich, Mann, du musst auch jede Geschichte wissen, oder?

– Schon klar, du hast 'ne CD von ihr gekauft, deshalb ist sie in den Downloadcharts um 0,00001 Platz gestiegen. Aber ihr seid nicht befreundet, sie kennt dich gar nicht.

– Ja, nicht direkt, aber über Umwege.

– Also, jemand kennt jemanden, der wiederum jemanden kennt, der dich kennt und mal mit Missy Elliotts Konzertveranstalter in Knochenbrück telefoniert hat?

– Ja, so, aber das ist zu einfach.

– Das ist nicht zu einfach, das ist größenwahnsinnig, bei manchen mag das zutreffen, aber warum sollen die auf der CD stehen?

– Glaubst du, all die 120 Leute, denen sie da dankt, und ich hab das nachgezählt, kennt sie persönlich? Das sind teilweise auch freundliche Techniker, oder Pizzaboten, die sie zum Lachen gebracht haben, oder der Exmann der Mutter, der jetzt grad im Knast sitzt, oder irgendwie Kellner, aber auch Verflossene, mit denen sie aber immer noch befreundet ist.

– Aber du bist noch nicht mal Techniker, Bote oder »irgendwie« Kellner, du bist gar nichts, mir scheint, du bist sogar eifersüchtig auf all die Typen, und wenn du nun Techniker oder Bote wärst, würde sie sich nicht bei dir bedanken, weil du einfach zu langweilig bist, zu uninteressant, du kommst nicht mal auch nur den Lidschlag einer Libelle an sie ran, und wenn, dann nur als perverser Stalker, und dann wirst du sofort verhaftet oder von ihren Bodyguards verhauen, mit so was verbaust du dir etwas, was dir sowieso immer verbaut bleiben wird, verbauter geht's ja schon nicht mehr.

– Es muss ja nicht Missy Elliott sein, es kann ja auch ganz realistisch Bela B von den Ärzten oder so sein.

– Hast du dessen CD-Dankesliste auch schon durchgelesen und dich gesucht?

– Ja, sind 85 Leute drauf, ich noch nicht, das ist vielleicht realistischer als bei Missy Elliott.

– Noch nicht? Realistisch? Realistisch ist, dass du allenfalls ein unleserliches Autogramm von ihm haben kannst, das du gleich selbst schreiben kannst, und zwar auf dein Knie.

– Autogramm hab ich schon von ihm.

– So, so, dann stehst du also schon auf der untersten Stufe zur Unsterblichkeit.

– Sicher, man muss dran bleiben.

– »Unsterblichkeit« war ein Witz.

– Ich weiß, aber das ist nicht witzig, niemand ist unsterblich, nicht mal Missy Elliott und Bela B.

– Was soll DAS denn nun schon wieder?

– Das ist die Wahrheit.

– Echt? Und was ist mit dem metaphysischen Weiterleben nach dem Tod? Oder wenn man der Nachwelt etwas hinterlassen hat, Kind, Haus, oder meinetwegen die Knochen, aus denen mal ein paar Blumen rauswachsen? Da willst du doch hin, da willst du doch deine Spuren hinterlassen. Schreib doch Gästebücher voll, schreib in Internetforen, mach ein Weblog auf oder ritz deine Initialen in Bäume oder Telefonnummer in Klowände, oder schreib bei Amazon Rezensionen, aber vergiss das doch bitte mit den albernen Dankeslisten, du bist ja vollkommen vernagelt, das hat so was Parasitäres, mir wird ganz schlecht.

– Ach so, der freundliche Kellner auf Missy Elliotts Dankesliste ist ein Parasit? Woher weißt du das?

– Herrje, da steht kein Kellner drauf! Was ist denn eigentlich, was passiert dann, wenn du das Wunder geschafft hast, bei ihr auf der Dankesliste stehst, keine Ahnung, wofür sie sich ausgerechnet bei dir bedanken will, bist du dann zufrieden, wie soll es weitergehen, was ist der Plan? Willst du mit ihr essen gehen, mit ihr ausgehen, willst du an ihre enormen Möpse, sie walken, sie heiraten, dass sie BEI DIR EINZIEHT in deine Wohnung? Du kriegst sie nicht, du wirst sie nie kriegen, spar dir deine Eifersucht. Willst du mit Bela B, wenn ich mal »realistisch« sein soll, denn ihm bist du ja durch das Autogramm schon wesentlich näher gekommen, mal um die Häuser ziehen? Dass er dein Freund wird? Dass du ihm beim Umzug hilfst? Dass du ihm deine Freundin opferst? Am besten Missy Elliott, hier, Bela, nimm sie, tu es für mich.

– Wieso? Hab ich doch gar nicht gesagt, dass ich das will.

– Nicht gesagt hast du aber auch, dass du auf ihren Listen stehst.

– Nein, das hab ich nicht gesagt, das behauptest du andauernd.

– Was suchst du denn da sonst immer, eine geheime Botschaft für dich?

– Könnte ja sein, dass ich da draufstehe, warum soll ich das ausschließen? Kennt man doch, diese Zufälle.

– Stimmt, diese Zufälle kennt man, die kennt jeder, der Kröger heißt und mal Thomas Mann gelesen hat, für all die Krögers dieser Welt hat er ja auch seinen *Tonio* geschrieben, das ist ja ein ungeheures Potenzial, mit Müller hätte er aber noch mehr verkauft, was für eine verpasste Chance.

– Ich heiße nicht Müller oder Kröger, ich heiße Schubal.

– Na, wunderbar, dann hast du's ja auch in die Literatur schon geschafft, so heißt doch der Heizer in Kafkas *Amerika*, Kafka, Bela B, ich hab hier also keinen Niemand vor mir, wie ich bis jetzt immer angenommen habe, da hast du ja eine ganz prachtvolle Biografiezierleiste, ist ja ein vielversprechender Anfang. Freue mich schon für den, der dein Bewerbungsschreiben mal lesen wird, wo das drinsteht. Hast du dir schon deinen Wikipedia-Eintrag geschrieben? Kann man dich googeln? Googelst du dich manchmal leise in der Nacht?

– Darum geht's doch gar nicht.

– Du hast ein echtes Problem.

– Jeder hat ein Problem, echte oder falsche, irgendeins wird's sein.

– Aber du fügst, um mal den Spruch hier auf deiner Zigarettenschachtel abzuwandeln, »... Ihnen und den Menschen in Ihrer Umgebung erheblichen Schaden zu«. Du gaukelst dir vor, dass du mal irgendwann auf einer diesen bescheuerten Dankeslisten landest, oder Abspännen oder sonst wo.

– Das ist doch kompletter Schwachsinn jetzt, ich rauche doch gar nicht und Missy Elliott raucht auch nicht, und außerdem ist sie auch längst nicht mehr so dick wie früher, sie ist jetzt sogar merkbar schlanker.

– So, so, Missy Elliott raucht also nicht, und sie ist

»merkbar« schlanker, oh Mann, das ist wieder die typische Technik abzulenken, ist es möglich, mal beim Punkt zu bleiben, kann man vernünftig mit dir reden, ist das realistisch?

– Wer ist denn hier unrealistisch? Du hast doch angefangen mit der Unsterblichkeit. Vergänglichkeit, Sterben usw. scheinen für dich ein Problem zu sein.

– Es hat keinen Sinn.

– Würd ich auch sagen.

– Was ist usw.?

– Usw. was?

– Du sagst »… Vergänglichkeit, Sterben UND SO WEITER

– Damit meine ich Nervereien, Nervensägen, Typen wie du, die … äh …

– Nerven?

– Das hab ich nicht gesagt, verschwendete Zeit, Zeitdiebe wie du.

– Realisten als »Zeitdiebe« zu bezeichnen, damit willst du dich kritikresistent machen.

– Du bist Kritiker? So, so, was kritisierst du denn?

– Ach komm, lass es, du wirst dich nicht finden in all den Listen und Abspännen und Vorhängen, und auch wenn, dann aus Notwehr, aus Gnade, die Leute bedanken sich bei dir dafür, dass du sie endlich mal in Ruhe lässt.

– Was kaprizierst du dich eigentlich immer so auf diese blöden »Listen«, ich steh ja schon auf einer.

– So? Wo denn?

– Sag ich nicht, machst ja sowieso nur deine blöden Witze.

– Mach ich nicht, versprochen, weil, das würde mich jetzt wirklich mal interessieren, wo das sein soll, sag, wo!

– Wie wo? Wo wo?

– Wo du deine »Duftmarke« hinterlassen hast.

– Du tust mir leid, dass du mich provozieren willst, aber noch mehr leid, dass es dir nicht gelingt.

– Es tut dir leid, dass ich dir leid tue? Ha, jetzt siehst du aus wie einer, der im Keller seine Mumien neu wickeln muss.

– Nein, es tut mir leid, dass es für dich so leicht ist und du es offenbar brauchst, mich zu bemitleiden, angesichts der Tatsache, dass ich dir leid tue, das ist wie eine Torte, und du glaubst, ich bin die unterste Schicht.

– Badewasser nicht wegschütten, sondern einfrieren und wieder verwenden.

– Wie bitte?

– Also, wo stehst du?

– Schott.

– Was?

– »Schotts Sammelsurium«, das Buch ist randvoll mit Listen, nie gehört? War ein Dreivierteljahr auf der *Spiegel*-Bestsellerliste.

– Und da dankt er dir, dass du …?

– Nicht danken, er dankt ja nur seinen Eltern, ich komm in einer Liste vor.

– Erzähl mal.

Und ehe Schubal erzählen kann, ist das Lied aus und Stuckrad-Barre und seine Begleiterin, diese Lydia, kommen wieder an diesen kleinen Tisch mit den Zwergenstühlchen, den Schubal und Armin in der Zwischenzeit freigehalten haben, Stuckrad holt noch zwei weitere Stühlchen dazu, eins ist etwas größer, auf das setzt er sich, Lydia sieht nicht mehr ganz gut aus, sie ist versteinert, so als sei das ihr Motto, der Stein, beim Spiel vorher, jetzt mimisch. Stuckrad sagt auch nichts, aber es scheint, dass jetzt etwas kommen muss, Schubal und Armin haben bemerkt, dass die beiden anderen nicht nur getanzt haben, sondern auch heftig diskutiert, vielleicht doch dicke Luft, Armin will etwas sagen, aber es kommt nur ein guttural gepresstes: »Schott also« raus, was niemand gehört und erklärt haben will. Stuckrad räuspert sich und beginnt etwas zu murmeln, alle beugen ihre Köpfe weiter vor, es ist so laut, dass die Kopfschmerzen, die morgen hier jeder haben wird, praktisch fühlbar sind, Stuckrad beginnt noch mal:

– Also, Leute, Jungs und Mädels, Freunde, Römer, Bürger, ich muss jetzt mal was loswerden, ich möchte nicht, dass es jetzt weiter zu Missverständnissen kommt, ich hab das Lydia auch vorhin schon erzählt, mich belastet das, das darf nicht so weitergehen, das soll vor allem nicht so weitergehen, ich kann damit nicht leben, es ist so, dass ich nicht der bin, für den ihr mich haltet, nein, bitte jetzt nichts sagen, Lydia, wir sollten jetzt wirklich noch mal neu anfangen, und ich bin froh darüber, dass diese beiden jetzt hier und heute Zeuge dieses meines Geständnisses sind, wie Trauzeugen fast.

Schubal und Armin sehen sich verblüfft an, wagen aber nicht zu fragen, Stuckrad nicht zu unterbrechen, jetzt besser den Atem anhalten, damit man ja nichts verpasst, Stuckrad will offenbar heiraten. Er fährt fort.

– Es ist so, nein, ich muss anders anfangen, mir passiert das nicht zum ersten Mal, also das, was Lydia jetzt passiert ist, wir haben uns ja gestern kennengelernt, in der *Hundekehle*, in der Torstraße also, du (zu Lydia) hast mich ja auch nicht gleich zu Wort kommen lassen, also es ist so, dass ich nicht der bin, für den ihr mich haltet, hä? Ich weiß, ich kann das jetzt hören, wie's bei euch jetzt im Getriebe knirscht, ich bin ich, aber nicht der Schriftsteller Benjamin von Stuckrad-Barre aus Bremen an der Weser, so ist es, so war es und so wird es immer sein, sorry, ich schreib zwar auch, aber nur für die Schublade bisher, und ein bisschen im Internet in so Foren, aber unter anderem Namen, Marbert Mann, das ist aber nichts Besonderes, nichts als abgelaichter äh Laich eben, wie das Tausende machen.

Beim Pseudonym Marbert Mann schauen sich Armin und Schubal entsetzt an, d. h., Schubal Armin entsetzt, Armin Schubal fragend mit gerunzelter Stirn. »Stuckrad« bekommt den Mimikaustausch mit, übergeht ihn aber, er kennt solche Reaktionen offensichtlich schon.

– Also, was ich sagen will bzw. gesagt habe, ist, bitte, bitte verwechselt mich oder sprecht mich nicht mit Barre oder Stuckrad oder von an, ich bin es nicht, will es nicht sein, ich könnte das zwar spielen, ich könnte damit leben, ich könnte euch was vormachen, aber ich WILL ES NICHT, versteht ihr das?

Keine Reaktion.

– Bitte, ihr MÜSST das verstehen, es ist so bequem, eine gewisse Ähnlichkeit mit jemand Bekanntem zu haben, das hat schon Vorteile, sicher, ganz massive, es öffnet Türen, es (er schaut zu Lydia) öffnet Herzen, aber das ist ein Spiel, und ich mach das schon so lange mit, genauer gesagt, seit ER berühmt wurde, vorher gab's ja keine Probleme, es nervt, das kann ich euch sagen, ich sag das sonst immer gleich, aber hier ist das so laut, und gestern in der *Hundekehle* hast du mich ja nicht zu Wort kommen lassen, du wolltest deinen Benstuck, Lydia, und ich war so erschöpft, dann hab ich dir eben den Benstuck gegeben, ich sag euch, Freunde, so eine Ähnlichkeit ist ein Stigma, das man nicht einfach so abwaschen kann, es ist wie eine schiefe Nase oder ein komplizierter Name, den man JE-DES MAL erklären muss, und bei Namen bin ich gleich schon bei der nächsten Sache, geh, du (deutet auf Schubal), wie heißt du? Du bist nett, ich mag dich, magst du uns nicht noch mal Bier holen? Dann erzähl ich weiter, wie heißt du?

Schubal ist verlegen, murmelt kleinlaut:

– Schubal, wie der Heizer aus Kafkas Amerika, äh, mir haben sie vorhin das Geld geklaut, hast du, Ben, äh, Stu, äh, Marbert, bisschen was Geld?

»Stuckrad« holt einen 20-Euro-Schein aus der Brusttasche seines hellblauen Oberhemds, gibt ihn Schubal.

– Hier, aber komm bald wieder, ich hab grad einen Lauf.

Armin denkt, während er den Tisch anstarrt, dass das eine ungewohnte Formulierung sei, »einen Lauf haben«, im Zusammenhang eines Geständnisses, außerdem rekapituliert er noch mal die letzten paar Stunden, weil er sie ja jetzt vollkommen neu ordnen muss, eine Person neu positionieren, ihre eigenen Ausrichtungen, Taten, Handlungen jetzt nach jemandem, einem obskuren Doppelgänger Stuckrad-Barres namens Marbert Mann, einem angeblichen Theaterstück von Leander Haußmann über einen Listenirren, er muss sich gewissermaßen norden, wie einen Kompass, was aber, wenn er uns jetzt hier verarscht? Die Ähnlichkeit ist ja ganz eklatant, ist ja nicht so, dass BvStB keine so verwechselbare Allerweltsphysiognomie hätte, sein gewaltiger Kopf gleicht ja fast schon dem eines Pferds, die wulstigen, aufgeworfenen Lippen, das massive Kinn, in den Kopf passen ohne Weiteres zwei Köpfe von Lydia z. B., andererseits, irgendwas scheint *doch* nicht übereinzustimmen, das kam ihm gleich am Anfang schon so vor, er muss dann gleich mal zu Hause bei Google nachsehen, wie der echte BvStB aussieht, nein, er ist es nicht, oder doch? Oh, Mann, der Abend kann ja heiter werden, und vor allem: lang. Schubal kommt mit den vier Beck's wieder. »Stuckrad« trägt weiter vor:

– Danke, Schubert (Schubal wagt nicht zu korrigieren), also, wo war ich stehen geblieben, ja, also bei der Bürde des Aussehens, und das bringt mich gleich weiter, zur Bürde des Namens, und ich meine jetzt nicht den von Barre, sondern meinen eigenen, ich heiße Ramses.

Pause, Stuckradmarbertramses nimmt einen, zwei kräftige Schlucke aus der goldgelben Flasche, setzt ab, rülpst zischend durch die Nase, wartet, schaut betreten auf den kleinen Tisch, der arme kleine Tisch, er muss heute so viel aushalten, auch alle anderen starren auf den Tisch, niemand will sich das spannende Getümmel der Gäste, die Inszenierung der Tänzer und Taumelnden um sie herum ansehen, sie führen hier gerade ihr eigenes kleines Stück auf, an ihrem Tisch ist es ganz still, sie schweigen, Armin kratzt am Aluminiumetikett des Flaschenhalses, Lydia zupft an ihren Haaren, Ramses oder wie auch immer er heißt räuspert sich, die Wiederaufnahme seiner Rede kommt seltsam schrill, etwas zu hoch, so, als müsse er für diesen ernsten Akt die ihm gebührende Tonlage erst finden, wie ein Sänger die Höhenkompatibilität zum Orchester auch zuerst suchen muss, sich vortasten.

– Also, Ramses, ihr werdet euch fragen, oder auch wenn ihr euch nicht fragt, will ich das erklären, diesen komischen Namen, wo der herkommt. Es ist so, mein Großvater, nein, ich will anders beginnen, mein vollständiger Name ist Ramses Müller, ich will euch das auch beweisen …

Er holt einen vom Po leicht gebogenen Leihausweis der Donna-Amalia-Bibliothek am Wallraffplatz heraus, da steht alles, Ramses Müller, mit Foto, es stimmt also, was für ein Zufall, diese Ähnlichkeit, und nicht mal Zwillinge, großes Erstaunen in der kleinen Runde da an dem Tischchen, das so viel ertragen muss, als der Ausweis weitergereicht wird, Schubal gibt ihn Ramses wieder zurück, er kann ihm dabei nicht in die Augen schauen, Ramses' Blick ist durchdringend, er ist nicht demütig, nicht zurückgenommen, man könnte ihn stolz nennen, vielleicht, weil er jetzt eine weitere Bürde losgeworden ist, aber auch, weil er solche Offenbarungen ja schon zur Genüge kennt, für die anderen ist die Situation peinlicher, weil sie es ja waren, die ihn für einen anderen gehalten haben, weil sie es waren, die sich bei ihm eingeschleimt haben, weil Lydia es war, die sich wohl ein bisschen in ihn verliebt hat, weil Armin es war, der sich Schubal gegenüber aufgespielt hat, sich in der Hierarchie zu »Stuckrad-Barre« an die *Pole Position* gezappelt hat, und jetzt sitzen sie hier mit einem No-Name, also mit jemandem wie ihnen, auf Kinderstühlen und fühlen sich schuldig, und der eigentlich Schuldige, der sie zu Schuldigen gemacht hat, sitzt etwas erhöht wie ein Tennisschiedsrichter und überblickt die peinliche Situation. Und dann scheint der kleine wackelige Tisch vor ihnen die Schuld auch noch zu bündeln und ihre betretenen Blicke mit Vorwurf zu erwidern. Und dann auch noch Müller, geht's nicht noch banaler, gewöhnlicher? Ramses Müller spricht weiter.

– Ich verstehe, dass ich es jetzt bin, der peinlich berührt sein müsste, aber ich bin noch nicht zu Ende, es geht noch weiter, und dann werdet ihr meine verzwickte Lage vielleicht etwas besser verstehen. Hm, wie weiter? Mein Großvater war Heiner Müller, von ihm hab ich ja mein Kinn, Pflugkinn haben sie ihn schon immer genannt, und mich auch, und das, ohne dass das bekannt ist, dass wir verwandt sind, wenn ihr jetzt heute nach Hause geht, bitte macht nicht den Fehler und googelt nach Heiner Müllers Nachfahren, ihr werdet da nur seine Tochter finden, das ist meine Tante, die ist 1992 geboren, also jetzt 15 Jahre jünger als ich, aber über *mich* werdet ihr nichts finden.

Ramses macht eine längere Pause, diese vielen Informationen vollkommen fremden Menschen zu erzählen erschöpft ihn wohl, das ist wohl so eine Art Therapiesitzung, Lydia ist die Erste, die sich traut, das Eis zu brechen und etwas zu sagen.

– Ach, Ben, Menno, Benno, äh Ramses, ich bin auch irgendwo erleichtert, das stellt das jetzt alles irgendwie in ein vollkommen anderes Licht, also diese ganze Situation hier, auch im *White Trash*, ich find auch gut, dass du das HIER offenbarst, und dann auch noch uns, also mir, und euch, also Schubert und dir, das …

Armin hält es für angebracht, wenn hier schon die sprichwörtlichen Hosen runtergelassen werden, hier im Auge des Orkans gewissermaßen, inmitten des Meers aus Krach und Frohsinn und der Götterdämmerung der heranrollenden Kopfschmerzen, man ist hier eine gegen jeden und alle Einflüsse immune Sekte plötzlich, dass er jetzt also noch ganz schnell sich vorstellen sollte:

– Ich bin der Armin, Hosen runter, Karten auf den Tisch!

Armin findet das lustig, die generöse Geste an diesem kleinen Tisch, dem Leidensmöbel. Lydia nimmt das dankbar auf, damit das Spiel mit den vier Assen vollständig ist, so denkt sie kurz, interessanterweise die gleiche Spielkartenmetapher wie Armin, verwirft sie aber schnell als zu pathetisch, vier Siebenen gehen ja auch, die Metapher wird sie vielleicht später mal anbringen, und sich wünschen, die Karo-Sieben zu sein, Herz-Sieben dann vielleicht Ramses? Eine schwarze Karte will sie nicht sein.

– Also, wir hier, Armin, Schubert, Ramses und ich, das ist ja wie ein Kartenspiel …

– Ich heiße übrigens nicht Schubert, sondern Schubal, so wie der Heizer in …

– Hier in diesem heißen Lokal, heißen und lauten Lokal, und …

Lydias Versuch, ihre Karten zu verteilen, wird von Ramses unterbrochen.

– Ich muss noch was loswerden, Lydia, so schnell lass ich nicht locker, also, ihr werdet mich nicht finden, im Internet, weil das, ach, das ist jetzt doch etwas zu kompliziert, ich möchte euch das ein andermal erzählen, ausführlicher, und vor allem möchte ich, dass ihr dichthaltet, darum möchte ich euch wirklich bitten, ich vertraue euch hier in diesem Fall, und auch möchte ich, dass wir uns wiedersehen, vielleicht sogar hier, nein, zu laut, aber wo keine Musik ist, vielleicht bald mal in der *Hundekehle*, was meint ihr?

Alle nicken. Armin: Aber was ist mit Schlingensief? Du hast vorhin gesagt, ihr geht da nachher zu seiner Party, als wer gehst du denn, als Ramses oder Stuckrad, als wen hat er dich eingeladen? Weiß der auch nichts von dir als Enkel? Der muss sich ja nass machen vor Glück, wenn der das weiß, der schmückt sich doch gern mit solchen historischen Figuren, Leute aus dem Fassbinder-Tross, die Wagners, Helmut Kohl und so weiter.

Armin fürchtet schon, dass die Gruppe von ihm fordert, der Vertraute Schlingensiefs zu sein, und er sie da alle vorstellen muss, obwohl er weder eine Einladung hat noch ihn kennt, geschweige denn jemanden, der ihn kennen könnte, klein fühlt er sich plötzlich, wie so einer auf Schubals imaginären Listen, er will sich nicht verplappern, er will sich dort einfach ganz passiv verhalten, alles aufsaugen wie ein Schwamm, so tun, als ob, der Gast, der immer da ist und den keiner kennt, Verantwortung übernehmen will er aber auf keinen Fall.

– Christoph ist einer der wenigen, die dieses Geheimnis kennen, weil er ja seine Dissertation über meinen Großvater geschrieben hat und ich ihn mal bei Terror 3000 kennengelernt hab, wo ich als Stuckrad-Double aufgetreten bin, weil Stucki da bereits schon so abgedreht und abgehoben war, ein Nervenbündel, das war nach der Engelkezeit, wo die *Bild*-Zeitung zum Blitzkrieg, zur öffentlichen Hatz auf ihn geblasen hat (er macht eine pantomimische Trompete), der hatte sich wie ein enttäuschtes Reh völlig zurückgezogen ins Berner Oberland, in die Schweiz also, für niemanden erreichbar, und Schlingensief hatte den aber schon als Host für Terror 3000 geplant, diese U-Bahn-Talkshow, ich bin ihm zweimal über den Weg gelaufen, einmal im Zuge seiner Dissertation in der neu renovierten Bibliothek am Wallraffplatz, wo er über Werke meines Großvaters gebeugt war und Notizen machte, da juckte es mich schon, da hab ich ihn angeredet, ich kannte ihn ja, war ja kein Unbekannter, man freut sich doch dann, da hab ich das aber noch nicht offenbart, hab ihn dann aber mal an der *Volksbühne* erlebt, da war irgendwas, und hinterher groß die Party, und da bin ich mit ihm ins Gespräch gekommen, wir waren dann die letzten

Gäste, er ist ja unglaublich interessiert, an allem, an allen Aspekten des Lebens, des sozialen Umgangs, an Netzwerken und dergleichen, er ist ja auch ein Netzwerker, das ganze Leben eine soziale Skulptur, und sein engster Kreis weiß das mittlerweile auch, es gibt die Müllerleute, und es gibt die Barreleute, die, die heute bei ihm am Feiern sind, das sind in erster Linie Müllerleute, und ihr seid jetzt auch Müllerleute, ich werde ihm das nachher sagen, nicht, dass es zu Kollisionen kommt, es gibt da natürlich auch die einen oder anderen Barreleute, das ist unvermeidlich, und solche Missverständnisse sind nie ganz auszuschließen, und das ist ja immer das Interessante, wie da Fraktionen entstehen, und die Müllerleute geben dann natürlich immer klein bei, weil sie natürlich die Wahrheit kennen, die wahre Wahrheit, also, wir können da jetzt schon noch hingehen, aber ihr habt ja auch eine Einladung, nicht?

Sein massives Müllerkinn deutet jetzt auf Armin, der eilfertig nickt, aber gleichzeitig panisch nachdenkt, wie er jetzt bloß die Schlingensief-Nummer wird hinbiegen können. Ihm wird abwechselnd warm und lauwarm, alle Nerven empfindlich, so, als sei er gehäutet und gleichzeitig in heißes Öl getaucht, er kennt dieses Gefühl aus der Schule, vor Prüfungen, wenn er absolut keine Ahnung von gar nichts hatte und er den Eindruck vortäuschen musste, irgendetwas zu wissen, er versucht diesen Zustand, das Harren vor der Entscheidung möglichst lange rauszuzögern. Weil es da ist, gibt es Hoffnung, und das, was da ist, und sei es nur der Schmerz, das Unbehagen, das ist ja auch etwas schwammig Kreatives, es ist zumindest nicht nichts, und dass er weiß, dass gar nichts da ist, erzeugt immerhin eine bedauerlicherweise schlecht fassliche, kostbar fragile und erregende Antriebsenergie, aber immerhin etwas, und aus dieser Energie konnte er bisweilen sogar irgendetwas machen, *Basteln in der Einsamkeit* nennt er das immer, etwas konstruieren aus etwas, was nicht existiert, Lügen würde er das nicht nennen, eher Verzögern, Vorgreifen, er kann eine Zukunft sehen, wo keine Zukunft ist, denn auch wenn er Schlingensief nicht kennt, irgendwann wird er ihn sicher kennengelernt haben, und dann ist dieses Vakuum ausgefüllt mit einem wabbeligen Stoff wie Marmelade, nicht fest, nichts manifestiert Konkretes, auf irgendetwas Fußendes, eine Grauzone, von der er hofft, und das weiß er aus Erfahrung, das war fast immer so, dass dieses Grau irgendwann eine Farbe werden würde, eine richtige. Allerdings stehen bei ihm schon relativ viele Graus in der Metamorphosenschlange, hinten anstellen, bitte. Ramses steht als Erster auf:

– So, Jungs und Mädels, geh noch kurz mal wohin, dann können wir aufbrechen, bin gleich wieder da, macht euch schon mal fertig.

Ramses verschwindet auf dem Klo, jetzt spürt Armin einen kleinen Adrenalinblitz, sein Gehirn steht jetzt unter extremer Anspannung, hier ist eine elektrische Chance, die Chance, aus nichts etwas Festes zu machen, eine Tür geht auf, aus Behauptung wird die Wahrheit, Typen wie er sind wacher als ein Fisch, Sekundenschlaf im Strom, dauernd zur Flucht bereit, wie der echte Stuckrad-Barre, er springt auf, als würden auf dem Klo Inkarnationsgutscheine verteilt: Ich auch noch mal

Und während Lydia und Schubal am Tisch zurückbleiben und damit beschäftigt sind, sich selbst zu sortieren, steht Armin auf dem Klo neben Ramses in der Pissmuschelreihe, angestrengt damit beschäftigt, weder auf dessen noch auf seine (ausbleibende) Verrichtung zu sehen, auf wartende Penisse zu sehen ist so deprimierend, sein ruckartiger, nomadisierender Blick, er kommt ihm vor wie der eines Pferdes auf der Schlachtbank, er hofft, dass er Ramses' Blick auf seinen lenken kann, ihn so auf seine Seite ziehen kann, ich geb die Umlaufbahn vor, du musst nur folgen, der parallele, ablenkende Blick: Schlingensief, hm.

– Was ist mit Christoph?

– Ich hab vorhin bisschen übertrieben, ich kenn ihn zwar, aber, wie gesagt, das ist lange her, noch Mühlheim, keine Ahnung, ob der mich überhaupt noch kennt, man verändert sich, er hat sich verändert, wir kennen uns auch nicht direkt, eher über andere, so hat man damals kommuniziert, das war ja ein Netzwerk, ein lockereres.

– Ja, und?

– Nichts und, will nur sagen, dass zu vermuten ist, dass Schlingensief uns, das heißt mich, nicht mehr kennen wird, oder kennen will.

– Du, kein Problem, kenn ich, manchmal glaubt man, jemanden zu kennen, und dann ist das ein anderer, oder man bildet sich das nur ein, Knick in der Wahrnehmung, so was, oder wie bei mir, sie sehen in mir nur den, den sie sehen wollen.

– Ja, genau, Wahrnehmungsknick, so kann man das vielleicht am besten beschreiben.

Ramses lacht, er hat ausgepisst, er ist ausgelaufen, problemlos, Armin steht noch *trocken*, aber anders erleichtert da, und das macht die volle Blase zweitrangig.

– Ich muss ja eigentlich gar nicht, auch so ein Wahrnehmungsknick, hab geglaubt, ich müsse müssen, so ein Herdentrieb, du gehst, ich geh, wenn man mal nicht aufpasst, wird man mitgezogen, wie kleine Enten, die hinter der großen Ente herlatschen.

– Welche große Ente? Gott?

– Die Mutterente, Entenmutter.

– Ach so, dann mach mal hier hinne, wir sehn uns draußen dann.

Armin bleibt noch ein bisschen stehen, presst, weil er eigentlich doch muss, vier Beck's Gold, ist Pisse, wird zu Pisse, aber es kommt nichts, er ist merkwürdig erregt, aufgekratzt, das Adrenalin vermutlich, vielleicht ist die »Weiche umgelegt«, also statt Harnröhre Samenstrang jetzt »auf Sendung«, er lächelt, der Druck der vollen Blase tut gut, er ist mit Zufriedenheit gefüllt, da ist wieder das gute Gefühl, etwas vor sich herzuschieben, eine Lücke als Chance wird es immer geben, und die wird dann nicht so profan sein wie das Klo im *White Trash*, das wird ein Fest.

Die kleine Gruppe bricht auf, Schubal flüstert Armin zu: Du kennst Schlingensief also echt.

– Hab nichts anderes behauptet.

Er denkt: Aus Behauptung wird die Wahrheit. Fühlt

sich gut und spürt den Druck der Blase, ein ehrlicher Inhalt, den hab ich mir verdient, das Glück.

Die vier verlassen das *White Trash* und treten hinaus in die kalte, klare Novemberluft, in der die Moleküle geordneter sind als drinnen, Schubal fällt auf, wie schön Lydia ist, ein bisschen wie Kylie Minogue, sie sieht so rein aus und paradoxerweise kleiner als drinnen auf dem Kinderstühlchen, und diese schlechte Luft im Lokal konnte ihrem Kefirteint nichts anhaben, das gesunde Weiß nicht in Grau verwandeln, zu ihrer Schönheit kommt die Unschuld in ihrem Blick, sie geht sicher nie aufs Klo zum »Stuhlgang«, denkt er, aber was macht sie *dann* dort? Sudoku lösen vermutlich. Natürlich hat sie Verdauung, und schneidet sich auch die Fußnägel oder kratzt sich an der Scheide, aber bei ihr und Claudia Schiffer und Donna Karan kann und will man sich das einfach nicht vorstellen müssen, anders als z. B. bei Margret Thatcher, bei der kann man sich sogar Verstopfung vorstellen, die Qual des harten Stuhls, sogar Hämorrhoiden, und wie sie sich die Fußnägel knipst, die überall im Bad herumfliegen und überall landen, vielleicht sogar in ihrem eigenen Auge.

Vorm Lokal steht ein Taxi, sie besteigen es, Ramses vorn, hinten trauen sich weder Schubal noch Armin, Lydia in die Mitte zu nehmen, beide denken das Gleiche, das wäre obszön, wie sandwichen, sie hätte gar nichts dagegen, in der Mitte zu sitzen, haha, sie sind ja in *Mitte*, es ist kalt, im Taxi das übliche olfaktorische Inferno, hier aus Wunderbaum (Aloe Vera), Pfeifentabak und abgestandener Verhärmtheit, bitte nicht nach Hause schicken, sie friert, so sitzt sie da an den linken Rand gequetscht, allein gelassen, ausgesetzt wie ein kleiner Hund an der Autobahn, Ramses, am fernsten Punkt von ihr, telefoniert, kündigt wohl Schlingensief ihr Kommen an, Schubal und Armin schweigen sich an und betrachten ihre Knie, d. h., da ist immer noch mehr Kommunikation als links hinten im Taxi, wo Lydia ist, die Kleine, sie lehnt ihren Kopf, ihre blasse Backe an das kalte Fenster, um ihrer inneren Kälte mit richtiger, glatter Kälte beizukommen, Methode Gegenschmerz, in einem Moment, wo die beiden Typen neben ihr inzwischen dazu übergegangen sind, intensiv damit beschäftigt sind, ihre eigenen Eingeweide zu betrachten, und Ramses vorn fröhlich, ohne dass man etwas verstehen würde, ins Handy quatscht, und keiner zu ihr sieht, leckt sie kurz an der Scheibe, sie muss das tun, alles ist so eklig hier, sie fühlt sich verloren, sie muss aufwachen, etwas tun, was noch unvernünftiger ist, wach auf, sammle dich, gestern bist du schon nicht mit Benjamin von Stuckrad-Barre mitgegangen, heute wirst du nicht mit Ramses Müller mitgehen, mal sehn, mit wem du morgen nicht mitgehst und stattdessen Taxischeiben leckst wie ein kleines weinendes Mädchen, dessen Mutter ihm kein Eis kauft, weil sie das Geld für Zigaretten braucht, und sich nicht von dessen erdrückender Schönheit korrumpieren lässt, oder vielleicht gerade deswegen? Strafe für Schönheit, so empfand sie das damals immer. Es heißt ja immer, schöne Menschen hätten mehr Vorteile, würden bevorzugt, das ist totaler Unsinn, sie hatte nur Nachteile. Komplizierte Kindheit, und dann noch mit dem Namen nicht bestraft, sondern richtig geprügelt. Und das bist du jetzt. Wieder das kleine Mädchen mit dem doofen Omanamen. Komisch, dass dir erst gestern eingefallen ist, dich NICHT Hulda zu nennen, Lydia, mit dem schönen y, das adelt dich ein bisschen, in England schmücken sich ja die Eltern mit ihren Kindern, indem sie ihnen Namen geben, deren i sie ersetzen durch ein schönes y, gibt's ja viele, Gwyneth, Vyvian, Sylvia, Mary, ein I muss nicht sein, ein Y sieht aus, als ob es extra kostet, einmal hattest du auch einen finnischen »Freund« bei Facebook, der sich Jymy nannte, vielleicht hieß er sogar echt so, der war aber ein bisschen daneben, so wie sein Name. Jymy aus Pieksämäki, er wollte immer Fotos von dir, aber keine der üblichen Art, sondern Füße, Knöchel, Kniekehlen, Sockensaumabdrücke, ja wirklich, hat er mal geschrieben, *please sent me foto of your leg where the sock leave the mark in your skin*, er hat das damit begründet, in seinem holprigen Englisch, dass für ihn das ein Symbol für Unterdrückung sei, das gefesselte Fleisch, »flesh in restraint«, er selbst hat ein Foto von sich im Anzug geschickt, er hatte einen Kragenstau, sein Sakkokragen lag nicht am Nacken auf, sondern dazwischen war eine Lücke, das sollte wohl das Gegenteil vom »gefesselten Fleisch« sein, Nackenstau gegen Sockensaumabdruck, was für ein Kuhhandel, viel später kam sie dann drauf, dass Jymy möglicherweise ein Psycho gewesen sein könnte, warum das wohl so heißt, Nackenstau, und wie wohl der Streifen Bein genannt wird, der zwischen Socke und Hosensaum bei manchen Männern sichtbar wird, wenn sie ein Bein über das andere schlagen, Blitzbein vielleicht, wegen so einem Streifen würde sie nicht schwul werden wollen, bzw. sie stellt sich vor, dass Schwule das an Männern abstößt, aber sie muss ja gar nicht schwul werden, um diesen Streifen abstoßend zu finden, weiter und immer weiter spinnen, so wie vor dem Einschlafen, ablenken davon, dass man nicht schlafen kann, das Assoziieren assoziieren, *Asso Asso* nennt sie ihr kleines privates Programm, um einschlafen zu können, es geht ihr etwas besser, vielleicht ist es das Bier, das Schaukeln des Taxis, das wohltuende Schweigen des Taxifahrers, das jenes der beiden Makrelenmänner neben ihr zu übertönen scheint, und jetzt mit Lydia, also ihrem neuen Namen, will sie es noch mal versuchen, einen Neustart, Ramses hat es ja vorgemacht, die Karten neu gemischt, und sie ist die Karo-Sieben. Lydia ist ihre Karo-Sieben. Jetzt hat sie sich für diese Karte entschieden, obwohl ihr in dem Moment einfällt, dass das ja die allerniedrigste Karte ist, die jeder stechen und die von jeder Karte gestochen werden kann, entsetzliche Vorstellung, wie kann sie als Feministin sich nur die allerkleinste Karte aussuchen? Es schwappt sie wieder etwas Leeres an, wie eine leere Bierdose an einem ölverschmierten Strand, okay, dann vielleicht ein Rommeespiel, da sind mehr Karten drin, da macht eine Sieben mehr Hoffnung. Salatzangen aus Bierdosen hat Jymy gemacht, nicht herauszufinden war, ob als Hobby oder beruflich, einmal hat er dir eine geschickt, zu deinem Geburtstag am 29. Februar, der seltenste Tag, aber da war's dann schon eigentlich aus mit ihm, er wollte dich zurückholen, ausgerechnet mit einer Salatzange.

– Wie eigentlich Lydia?

Sie bekommt einen Schreck, der neben ihr eingequetschte Schubal spricht sie plötzlich an wie der Mörder aus dem Nichts, die Frage überrascht sie.

– Wie wie?

– Wo das Ypsilon, also vor oder nach dem D?

– Ach so? Gibt's auch Lidya?

– Ich weiß immer nie, ob es Lybien oder Libyen heißt und wo bei Marilyn Monroe das y kommt, Marylin oder Marilyn? Also ohne zu googeln jetzt.

– Oh, das wüsste ich jetzt auch nicht aus dem Stand, wie geht's denn richtig?

– Weiß eben auch nicht, Ramses weiß das sicher, ich denke mir immer, man sollte sich für so einen Fall, also wenn die Frage mal im Sudoku kommt, dass man dann eine Eselsbrücke haben sollte.

– Bei Sudoku gibt's keine Fragen.

– Ach so? Ich hab hier übrigens einen Apfel in meiner Jackentasche gefunden, wollen Sie, äh, willst du einen Apfel?

– Apfel immer, aber jetzt nicht den bitte, das ist ein Boskoop, diese Marke wird auch Lederapfel genannt (ein eigenartig dozierender Vortragsstil schleicht sich plötzlich in Lydias Rede, etwas, was sie nicht von sich kennt, sie ist plötzlich sehr weit von sich selbst entfernt, aber das irritiert sie nicht, hier in diesem Taxi, Asyl der Heimatlosen), den kann man kaum essen, der ist fast so zäh wie eine Quitte (sind Quitten nicht eher hart als zäh? wer oder was redet da aus ihr?), der ist allenfalls als Bratapfel geeignet, weißt du eigentlich, warum der Apfel das Symbol für Sündenfall ist? Also Bibel jetzt.

In Schubals Kopf fliegen jetzt unkontrolliert Wortfetzen, Sündenfall, Lederapfel, quittenzäh, wie Gene in der Ursuppe, er kann sich schlecht konzentrieren, der baumelnde Wunderbaum vorn am Rückspiegel des Taxifahrers verströmt wenig Geruch, dafür mehr Hohn, und dann glotzt der auch noch so niederträchtig nach hinten, der Fahrer, ein Rabenschwarzer, aus Afrika vermutlich, Schubal fühlt sich nicht wohl, mit halbem Auge schaut er zu Armin, aber der schaut aus dem Fenster und drückt in die beschlagene Scheibe einen sogenannten Eumel, das kennt er noch aus seiner Schulzeit, wenn er frühmorgens im Bus saß, verschlafen, er drückt seine Faust mit der Kleinfingerseite in das Kondenswasser der Scheibe, das ist der Eumel, was ist eigentlich das widerlichste Wasser, Kondenswasser in so einem Taxi, ausgeblasen durch diesen ekelhaften Dialekt, das würde man ja nie trinken wollen, auch bei größtem Durst in der Wüste nicht, was mit eingefrorenem und wieder aufgetautem Würstchenheißmachwasser oder dem Zeug, das aus Klimaanlagen tropft, z. B. aus Peepshows oder aus dem Kühlraum, wo die halben Schweine hängen, oder die Pathologie, wo sie Tote aufbahren, also Leichendunst, was da noch so alles entweicht, ihm ist nicht ganz wohl, schnell an das gemütlich gluckernde Wasser in den Heizkörpern oder besser an Bügelwasser denken, das verdrängt die schlechten Flüssigkeiten schnell durch Freundlichkeit und Sympathie, das hilfsbereite Wasser, er könnte schon wieder Durst haben.

– Ein Apfel hat oben den Stiel, den Stängel, und unten die Blüte, die verdorrte, die sieht aus, na ja, wie das Weibliche, und das ist das Symbol für das universelle Geschlecht.

– Das universelle quittenzähe Geschlecht? Klingt wie Handke, *die andersgelben Nudelnester,* das hängt dem jetzt ewig nach, das stand in seinem Serbienverteidigungspamphlet.

Wie dumm sie sich vorkommt, wie eine Erdnuss, natürlich sagt man beim Obst nicht Marke, sondern Sorte, aber nun hat sie es ja mal gesagt, jetzt muss es da stehen bleiben, im fahrenden Taxi, was für eine Scheißsituation, aber doch irgendwie auch egal, immer noch tiefer gehen, und dann darauf aufbauen, ein Haus mit den Rommeekarten zum Beispiel, na ja, bisschen wacklig.

– Hier, für dich, ist Christoph.

Ramses reicht sein Handy nach hinten zu Armin, der starrt entsetzt in die Runde

– Hallo?

Pause, alle hören der Pause zu.

– Ja, freut mich auch, wir kommen dann gleich auch, also mit Ramses, also ich bring dann noch wen mit, guter Freund von mir.

Schubal ist entsetzt, erschreckt wie eine Katze bei splitterndem Glas.

– Das Buch? Welches Buch soll ich mitbringen?

Armin wird nervös, es stört ihn, irritiert ihn extrem, dass ihm der vollkommen unbekannte Christoph Schlingensief offenbar ein Buch geliehen hat, hier stimmt zweimal nichts, um nicht noch alles zu verkomplizieren, antwortet er kamikazeartig: Ja, ich hab das Buch bei mir, bis gleich.

Er reicht das Handy wieder nach vorn zu Ramses, sein Blick, der eines fragenden Karpfens, der nicht nur jetzt einen rostigen Haken im Maul hat, während er nach Luft schnappt, zu viel für ihn, und jetzt haut man ihm auch noch auf den Kopf, warum DAS JETZT auch noch? Wieso kennt Schlingensief ihn? Welches Buch? Der Stress gerinnt, die Magermilch wird sauer.

Armin sieht aus wie ein gefoppter Stallbursche, wieder arbeitet es in ihm, er bekommt Zahnschmerzen, die sich hoch zu seinem linken Auge ziehen. Welches Buch, Himmelherrgott, welches Buch, welches Buch? Er hat nur ein Buch in der Jackentasche, Pablo Nerudas *Ich bekenne, ich habe gelebt*, er hat das schon lange bei sich, er liest das immer häppchenweise in der U-Bahn, im Bus, im Wartezimmer, er kommt nicht weiter, schon seit Jahren nicht, es geht um einen Mann, der sich so durchmogelt, alle möglichen Hilfsjobs annimmt, Fensterlamellen putzen z. B., prima Buch, aber weil er es schon so lange mitschleppt, auch dementsprechend abgeschabt, er würde es Schlingensief geben, die Chancen stünden eins zu einer Milliarde, dass es das Buch ist, von dem Schlinge sprach. Schlinge nennt er ihn schon in seiner Verzweiflung, um ihm näher zu sein, ein ausgedachtes kumpelndes »Schlinge«, Synonym für das, worin sich sein Hals immer und jetzt ganz besonders befindet, na ja, so ausweglos scheint es nicht zu sein, dass nicht immer noch ein Wortspielchen drin ist, er grinst nach innen. Sie erreichen ein neoklassizistisches Haus in Charlottenburg, aus einem Fenster hängt ein Bettlaken, auf dem NIE WIEDER ANTIFASCHISMUS zu lesen steht, das wird wohl Schlinges Wohnung sein, sie steigen aus, Ramses zahlt, wie Schubal zu seiner Erleichterung feststellt, Lydia zieht einen Taschenspiegel hervor und verödet mit einem Wattepad die durch die Tränen verursachten Kajalsrinnsale.

Man betritt das Haus, im dritten Stock ist die Tür geöffnet, sie werfen ihre Mäntel auf den Mantelberg, es sind schon viele Leute anwesend, Schlingensief spricht intensiv mit jemandem, den man kennt oder der so aussieht, als ob man ihn kennen müsste, Barremensch oder Müllermensch? Als die kleine Ramsesgruppe in die Wohnung kommt, eilt er ihnen zur Begrüßung entgegen, an seinen Haaren zupfend, sie aufstellend, so, als sei es eine Krone, die immer wieder in sich zusammenfällt, die er aber wohl braucht, um anzuzeigen, wer regiert, er sieht selbst aus wie ein Schlingensiefdarsteller, und die Haare wie Drähte, die aus seinem Gehirn wuchern. Auf seinem Camouflage-T-Shirt steht *Anti Warhole (on the dancefloor)*, Ramses begrüßt er mit Wangenküssen.

– Ramski-Korsakoff, freut mich, oh, deine Leute, kommt rein, Freunde, Leute, Landläuse!

Er scheint »gut drauf« zu sein, strahlt Lydia an, nimmt ihre zarte Hand mit beiden Händen, so, wie es Politiker immer machen, was das wohl soll? Geborgenheit vermitteln? Ich will dich fressen? Wahrscheinlich beides. Lydia schaut zu Boden, schamvoll. Jetzt ist Schubal dran: Armin?

Armin eilfertig, während Schubal verdattert seine Hand ausstreckt: Ich, äh, schon länger her.

Schlingensief, sein Gesicht wird noch strahlender.

– Armin Bielefeld! Ich hätte dich nicht mehr erkannt, groß geworden, haha, das Buch?

Armin fühlt sich, als würde er schon lange durch die Wüste kriechen, den ganzen Mund voller Staub, jetzt lässt er es drauf ankommen, er zieht Neruda raus und schiebt es ihm entgegen.

– Ja, endlich!

Und das ist jetzt das Glas Wasser, das Schingensief ihm reicht.

– Ich hing, ich hänge da sehr dran, hätte mir das ja nachkaufen könne, aber das ist eins der ersten Bücher, die ich mir selbst gekauft bzw. geklaut hab damals, da hängt viel dran, erste Platte, erstes Buch, erste Freundin …

Er zwinkert Schubal zu und deutet mit seinem Kopf unmerklich gen Lydia, die die Geste nicht erkennen und also nicht deuten kann, weil sie untrennbar ist von der sie begleitenden Mimik, für sie sieht es aus, als wolle er seine Halswirbel sortieren. Armin fühlt sich plötzlich sehr ausgeschlossen und einsam, alle scheinen hier irgendwie verbunden zu sein, und ich muss so tun, als sei ich es auch, aber was bin ich, und wodurch bin ich es? Durch einen Lottogewinn, das einmillionste Buch, die kleinste nur denkbare Schnittmenge, woher weiß Schlingensief etwas, wovon noch nicht mal *ich* etwas weiß? Armin hat keine Probleme damit, dass andere Menschen klüger sind als er, aber hier, in diesem Fall, hätte er mehr wissen müssen, jemand zieht ihm den Teppich unter den Füßen weg, überführt ihn nicht einer Lüge, sondern bestätigt sie. Eine auf dem Sand des Zufalls aufgebaute Zukunft, das kann erregend sein, da bleibt man wach, muss man wach bleiben, aber sie bleibt auch gleichermaßen fragil wie bedrohlich.

– Die Menschen werden von den Meinungen gepeinigt, die sie von den Dingen haben, nicht von den Dingen selbst, sagt Schlingensief schief lachend, auf das Buch tippend.

Armin denkt: Heute Morgen hatte ich noch keinen Plan für den Abend, und jetzt gerate ich gerade in einen, aber keinen guten, den ein anderer für mich macht, was und wo bin noch ich? Er fühlt sich nicht wie ein Huhn ohne Kopf, sondern wie eines mit zwei Köpfen. Ein Mehrpersonenschizo? Ich bin Nihilist, nimmt er sich vor, bei der nächsten Gelegenheit zu sagen, wenn er mal gefragt wird, mit dem Nihilismus kann man nicht nur nichts falsch machen, sondern alles richtig.

Er sei ein Erfinder, der Dinge erfindet, die schnell kaputtgehen, kann sich vor Aufträgen kaum retten, sagt jemand neben ihm, er dreht sich um, es ist Ramses, der das sagt, genau, das hatte man ja noch gar nicht geklärt, wer was macht und warum. Firmen würden in ihren Produktentwicklungsabteilungen immer auch Leute haben, die Fehler, Sollbruchstellen einbauen, das erhalte eine Firma am Leben, wenn das Produkt nicht ewig hält, allein vom Ruf, die Firma stelle Dinge für die Ewigkeit her, könne man nicht leben, mit der Devise geht man, technisch gesehen, zugrunde. Natürlich arbeite er in einem Geheimlabor, das darf ja niemand wissen, dass man die Geräte absichtlich kaputt macht, diese sogenannte Sollbruchstelle sei auch nicht sichtbar, unbekannt, wo sie sitzt, das wisse nur er, er müsse strafandrohende Papiere *unterfertigen*, jawohl »unterfertigen« sagen die noch immer, Nazideutsch, dass er nichts preisgibt, das ist ein sehr interessanter Job, aber auch eine extrem heikle Mission.

– Ich möchte einen Zug besteigen und aussteigen, wenn ich achtzehn bin.

Lydia sieht nicht gut aus, blasser gar als Kefir jetzt, wie Molke, blasses Wasser, ihr Satz ist an Armin gerichtet, in dessen unsicherer Mimik sie eine ähnliche Ausgesetztheit zu erkennen glaubt.

– Aber du bist doch schon etwas älter als 18, nicht?

– Ich werde zurückfahren.

Die kleine Gesellschaft löst sich in der großen langsam auf, man treibt zum Klo, zur Küche, wo ein kleiner Imbiss vorbereitet wurde, Salzmandeln, Dörrpflaumen, mit Gewürznelken gespickte Zwiebeln (wer isst denn so was?), zwiebackartige lange Brotstangen, Eiersalat, eine große Schüssel mit einer orangefarbenen Schmiere, ein riesiger Berg Surimi, also diese Stäbchen aus künstlichem Krebsfleisch (Schubals Lieblingssnack), Zigarettenböreks, Knoppers und Snickers, man geht ins Badezimmer, wo natürlich in der Badewanne die Bierflaschen inmitten ihrer Etiketten schwimmen, so, als würden die Flaschen herbstliche Bäume imitieren, und wenn man zurückkommt an den alten Ort, ist der Gesprächspartner von eben weg. Schubal steht mit dem mal nach links, mal nach rechts gelegten Kopf am Bücherregal und liest die sich ihm entgegenwölbenden Rücken. Armin bekommt wieder das Ziehen über dem linken Auge, aber diesmal kein stressbedingtes, sondern ein ankündigendes, so, als sei dort eine kleine rote Lampe (Code Rot), er ahnt bzw. spürt, dass sich das morgen zu Depressionen materialisieren wird, schnell noch ein paar kleine Bierflaschen runterjagen, Nerven entspannen, die Kabel auseinanderfummeln, alles bügeln, normalerweise trinkt er große Biere, das ist gut zu kalkulieren, der Schmerz, die Kleinheit, die Scham, die Zweifel, das »große Nagetier« am nächsten Morgen war mathematisch erklärbar, und war das Tier sehr groß, rechnete er zusammen, was er gestern alles hatte, und waren es nur vier Bier, war das Tier schon nicht mehr so groß, und man konnte auf ihm möglicherweise sogar reiten, das System versucht ihn immer zu überlisten, wie die Kneifzange den Nagel, aber er ist meistens weiter, die Mathematik und die Physik würden, wenn man vernünftig trinkt, das psychische System, das da ist, um ihn zu schützen, schon durchschauen, aber, wie gesagt, das geht nur bei diszipliniertem Trinken, nichts durcheinander, immer schön beim selben Maß bleiben, dann kann nichts passieren. Jetzt trinkt er schon den ganzen Abend die vielen kleinen Biere, die wie die Ameisen ankommen, wie gefährlich sie sind, er hatte schon lange aufgehört zu zählen (3 kl = 2 gr), dann kommen die in solchen Gesellschaften unvermeidlichen Caipirinhas dazu, die jemand (sieht aus wie Tim Mälzer, ist er vermutlich auch) in der Küche zusammenstampft, und zwar nicht mit Rum, sondern, wie es seit einiger Zeit *en vogue* ist in bestimmten intellektuellen Kreisen, mit Vogelbeerschnaps, das Rezept hatte, Gerüchten zufolge, wohl Roger Willemsen entwickelt, und die Tierpanik meldet sich also jetzt überm linken Auge, aber man kann ja die Angst einfach fluten, die Vernunft wegschwemmen, er fühlt sich wohler im Moment, so schnell gäbe es keinen Ortswechsel und keinen neuen Morgen, Willemsen ist natürlich da, so, als müsse er die ordnungsmäßige Zubereitung seines Getränks überwachen, Charlotte Roche, Blixa Bargeld, Mattias Matussek, den sie gerade beim *Spiegel* geschasst hatten (sitzt jetzt im Archiv), Niels Ruf, auch er ein Wormser, darf ebenfalls nicht fehlen, er kriecht auf allen vieren, so, als suche er etwas, seine Kontaktlinsen vielleicht, oder es ist ein perverses Rollenspiel (»Ich bin ein Igel, wer will auf mir reiten?«), Wladimir Sorokin, Feridun Zaimoglu, die zwei Schriftsteller, vertieft im ernsten Gespräch, über Armenien wahrscheinlich, ein Typ, den man auch irgendwie zu kennen glaubt und den sie »Die Glasscheibe« nennen, Barbara Becker, von Heinz Strunk unappetitlich befingert, Bud Spencer (gehört neuerdings auch zur Schlingensief-Family) hat gerade Jonathan Meese im Schwitzkasten und gibt ihm Kopfnüsse, Meese quiekt wie ein Gibbon (und sieht auch so aus), alle lachen, Armin beobachtet Lydia, wie sie mit Gregor Gysi redet, lachend, wiehernd, die Haare, so, wie sie es wohl aus der Shampoowerbung *L'Oreal Glanz Booster mit Kashmir Extrakten, spiegelschön wie im Salon* kennt, in den Nacken wirft, es hätte noch gepasst, dass sie dazu Saxophon spielt, sie poliert Gysi die Glatze mit einem Spülschwamm, und zwar mit der Kratzeseite, Armin traut seinen Augen nicht, sie löst sich vom untersetzten Politiker und zieht ab gen Klo, Gysi schaut ihr nach mit Augen wie Schießscharten, Armin folgt ihr, Gysi tanzt, nein hopst wie ein Styroporwürfel auf der Wasseroberfläche zum gerade laufenden Hit von Tocotronic *Die Reklamation* (»Wir kommen um uns zu beschweren«), Armin schlüpft wie ein Fisch Lydia hinterher, sie schließt die Tür, hebt den Rock über die Hose, zieht die Hose runter, Unterhose (Omahose, blasses Rosa, sichtbare Saumspuren) ebenfalls, dreht ihm ihre »hintere Notdurftzone« zu, komischerweise hat sie einen langen Pferdeschweif, man sieht die sogenannte Schwanzrübe, die sie leicht anhebt, ihr Anus pumpt, weitet sich, und ihm kollert unter Lydias Schnauben ein dampfender Pferdeapfel entgegen.

Mit einem erstickten Schrei (Yowsah!) und schweißnass schreckt Armin hoch, er hatte geträumt, es war ein Traum, er liegt in einem Bett, aber es ist nicht seins, er hat eine dicke Erektion, wie eine geblähte Blechdose mit gärendem Obst, sie ist auch nicht direkt seine, halb gehört sie dem Traum, wo ist er hier, ist er mit Lydia mitgegangen? Gehört sie nicht eher Ramses? Zaghaft hebt er seinen zementsackartigen Kopf, um die Situation zu erkennen (peilen), wer da neben ihm in den vielen hellblauen Kissen noch leise schnaufend seinen Schlaf vor sich herschiebt, er erkennt sofort an der Stoppelglatze: Ramses!

Armin stöhnt leicht auf, oh Gott, alles wird immer schlimmer, er wagt es nicht, sich zu bewegen, will den unregelmäßig rasselnden Ramses nicht aufwecken, muss

Zeit gewinnen, Zeit dafür, Erklärungen zu konstruieren, den gestrigen Hergang zusammenzubauen. Ist Ramses schwul? Was ist passiert? Armin fühlt sich allein gelassen, wie ein zehnstöckiges Hochhaus in Grosny mit nur einem einzigen Telefonanschluss (Wählscheibe). Vielleicht soll er Ramses nachher einfach erzählen, dass er gar nicht Armin heiße, sondern Ulf, Ulf aus Tschetschenien, so könnte er das, was war, und das, was gewesen sein könnte, den Abend, die Nacht bis jetzt tilgen, einfach einen Neustart wagen, dann würde Ramses von einem Armin erzählen, mit dem er (Ulf) nichts zu tun habe, stattdessen könnte er das fröhliche Kinderliedchen singen »Die Schande kommt, die Schande geht, doch ist sie da, ist es zu spät« und Ulf meinen, Armin aber reinwaschen, und er würde hoffen (»alle Fragen blieben offen«, Manfred Krug), dass Ramses ebenfalls Lücken hat und Armin/Ulf als zwei Personen die Schmach halbieren könnten, seine Strategien galoppieren panikartig durch seinen wunden Kopf, werden skizziert, verworfen, zerknüllt, auf Halde gelegt, überall hängen Wollfäden herum, an die man andere Fäden anknüpfen kann, ein ordentliches Chaos, ein Testament in Knotenschrift, mit lauter Orthografiefehlern, und dann muss er auch noch ganz dringend aufs Klo, seine Blase ist prall wie ein Faustball, ein Teil seiner Gedanken ist im Keller bei der Blase, so kann man nicht denken, aber wo ist das Klo? Leise schält er sich aus dem Kissen, dem Bett, Ramses schnauft wie ein Otter, bitte kein knarrender Boden, er hat nicht mal eine Unterhose an, sein Penis hängt zwischen seinen Beinen jetzt wie ein schwerer Koffer in der Hand eines Kindes, gefühllos taub, die Erektion von eben – verpufft, die Blase quetscht alle Nerven ab, die Kleider liegen auf dem Boden verstreut, eine Socke fehlt, er schleicht sich aus dem Zimmer, sammelt alles zusammen, leider, ach, es musste so kommen, hängt seine Hosentasche beim Aufnehmen nach unten, und alles, der ganze Inhalt, Kleingeld, Schlüssel, ein kleines Spielzeugmilchkännchen, eine Murmel und ein Kronkorken (Brauerei Splügen) klingeln und scheppern wie der Tusch eines betrunkenen Kinderorchesters zu Boden, die Murmel rollt natürlich unters Bett.

– Sind wir schon da?

Ramses ist aufgewacht, war wohl grad in einem Zug nach oder von Nirgendwo wie im Schlager von Christian Anders.

– Hey Schubinski, willst du schon abhauen? Bleib doch noch, du Arschloch!

Armin wie in Schockstarre, aber auch mit einem Anflug von Hoffnung über die Chance der Verwechslung, zieht sich gequält grinsend über das vermeintlich neckisch gemeinte »Arschloch« seine karierte H&M-Unterhose an.

– Nein, wollte nur …

Er deutet in irgendeine Richtung und hofft, Ramses versteht und spürt die Wellen seines Unterleibsschmerzes, irgendwelche Atome werden da sicher etwas anschieben, und wenn, hofft er, in seinem Gesicht.

– Klo? Den Korridor weiter, zweite Tür links, brauchst nicht sitzen, heute Nachmittag kommt die Putzfrau, außer du musst *groß*.

Armin folgt dem Gang, den er sich einbildet, noch nie gesehen zu haben, ein Korridor. »Schock Korridor« murmelt er vor sich hin, wie so ein Film über einen sich selbst einweisenden Irrenhausinsassen (er natürlich), an der Wand hängt ein riesiges Sade-Plakat, die Sängerin, *Smooth Operator*, Sades Lippen sind wirklich sehr groß, riesig, solche Lippen können keinen Hardrock singen, sie würden doch sofort rissig werden wie ein Acker bei großer Dürre, denkt er, so, wie es sich in seinem Mund anfühlt, unten Flüssigkeit »satt«, oben Eritrea, klassisches Nord-Süd-Gefälle, im Klo bekommt er einen Schreck, da steht ein Hund, aber es ist zum Glück ein ausgestopfter, einer mit Glasaugen, und ein Ohr ist abgebrochen, aus der Lücke quillt ein Gips/Draht/Holzwolle-Gemisch, das Pissen dauert lange, er schaut immer auf den Sekundenzeiger seiner Raketa-Uhr, einmal hat er neunzig Sekunden geschafft, das sagt natürlich nichts über die Menge aus, weil die Harnröhre ja verengt ist, je voller die Blase, desto enger das sogenannte Nudelauge, das kleine Löchlein vorne, desto weniger kommt also raus, so, als könne sie sich nur schwer trennen vom Urin, der Ausgang musste ja die ganze Nacht die Pisse eindämmen, man hatte sich aneinander gewöhnt, Heineken, denkt er, obwohl er gar kein Heineken getrunken hat, oder doch? Kyle MacLachlan sagt doch laut, befreiend laut, Heinecken, als er in *Blue Velvet* in Isabella Rossellinis Wohnung pinkelt, also nicht direkt in die Wohnung, sondern ins Klo, und so Laura Derns Warngehupe nicht hört, weil die Spülung es übertönt, und dann geht alles los, ah ja, der Hund ohne Ohr, der ihn anstarrt: »Tu es für van Gogh«, Isabellas Mann haben sie ja auch ein Ohr abgeschnitten, es geht ihm etwas besser, das Gehirn kann schon wieder ein bisschen assoziieren, und das gar nicht mal so übel, das lenkt ab, vielleicht denkt Ramses ja wirklich, er sei Schubal, dann kann er sich den Ulf-Unsinn sparen, dann käme man eleganter aus der Nummer hier raus, Armin hat nie existiert, immer nur einer namens Schubal, und wenn er Ramses noch mal irgendwann irgendwo treffen sollte, könnte man ja ahnungslos tun, Armin wer? Nachher würde er noch ein bisschen mit ihm über David Lynch reden, alles halb so wild, wie er in das Bett rein-, und aus sämtlichen Hosen rausgekommen ist, das lässt sich immer noch klären *en passant*, und im besten Fall hat es Ramses auch vergessen, oh, 95 Sekunden, Rekord, aber wie gesagt, sagt nichts über das Fassungsvermögen der Blase aus, einmal hat er alte Bierflaschen an so einem Morgen wieder befüllt, rückbefüllt, ist Pisse, wird Pisse, wird abermals zu Pisse, die Pisse werden kann, ein unendlicher Kreislauf, mit minimalen Verlusten, das wird dann Kondenswasser in Berliner Taxis, ja, der Pisskreislauf, das war doch gestern immer das Thema, er kam damals auf viereinhalb, Flaschen, normale, das sind etwas über zwei Liter, ungefähr sieben kleine Flaschen, oh Gott, Beck's Gold hatten sie ja gestern den ganzen halben Abend gehabt, langsam zwängen sich zwischen seine schönen Zahlen und Statistiken und *Blue-Velvet*-Szenen gestrige Fetzen, so, wie sich der Himmel vor einem Wolkenbruch verklumpt, eine Wolke dockt an die andere, und aus Weiß wird langsam Schwarz, und aus Schwarz wieder Weiß, oder Regen, Lydia, Schlingensief, White Trash, Schubal, was ist das eigentlich für einer? Der hat ihn doch hier in die Scheiße reingeritten, in die Verfilmung des Durs-Grünbein-Buchs, oder eins von Burkhard Spinnen, das Spinnenbuch, Schubal, der geborene Verlierer, glaubt auf allen Listen zu stehen, so ein geringes Selbstwertgefühl hat der, er steht neben der Spur, neben allem, sogar neben sich selbst, Schizoschubal. Tankred Dorst, *Schizoschubal – Der Ring schließt sich*, dtv, 8,90 €.

Aus dem Schlafzimmer dröhnt Musik, Ramses hat sich zum Anziehen Musik angemacht, ein Mann singt extrem tief, so wie Sisters of Mercy oder Type O Negative, Düsterrocker, ach, so was hört Heiner Müllers Enkel? Also, Schwulenmusik ist das ja schon mal nicht, das Lied heißt auch irgendwie *Walk away*, eine Aufforderung vielleicht? Nichts lieber als das, gut, Blase leer, Gehirn kann wieder einigermaßen arbeiten, ich muss jetzt nur noch die Murmel unterm Bett finden. Ramses steht im Schlafzimmer und hat einen mauvefarbenen Morgenmantel an, schimmernd wie Seide, unten eine Borte mit Quasten wie bei einem Vorhang und an den Ärmeln drei Adidasstreifen, und drunter trägt er Hosen, die aussehen wie Jogginghosen, nur dass sie aus Gabardine gemacht sind und er sie unten mit zwei weißen Streifen aus alten weißen Handtüchern zusammengeschnürt hat.

– Ich geh mal duschen, machst du Kaffee oder so was, Toast ist im Kühlschrank.

Der lila Adidasbademantel, diese Hose, das eiskalte Brot, der Zug fährt wieder in die andere Richtung, also doch schwul, im Hintergrund wabert das Gegrunze »Walk away in silence«, Armin findet die Küche, im Kühlschrank abgepackter Tilsiter und Lätta Halbfettmargarine und tatsächlich eine Packung Toastbrot (mit Kleie), einen Toaster findet er allerdings nicht. »I hope I die before I awake«, singt nach dem unfrohen Geraune jetzt eine Fistelstimme, na ja, dafür ist es jetzt zu spät, muss man sich den Tag eben, so gut es geht, zurechtzimmern, Ramses kommt aus dem Bad, an seiner Nase hängt ein Tropfen, aha, Gesicht vergessen abzutrocknen, scheint uneitel, beachtet sein Gesicht nicht, sympathisch eigentlich, er kam bisher ganz anders rüber.

– Und?

– Was?

– Alles gefunden?

– Ja, aber wo ist der Toaster?

– Ich mach das im Rohr.

Ramses öffnet den Backofen und zieht den Rost heraus, legt mit Käsescheiben belegte Toasts auf das Gitter, obendrauf streut er noch rote Johannisbeeren, die in einer kleinen Schüssel auf dem Kühlschrank stehen, auf der Schüssel steht »Fix your information«.

– Schmeckt gut und sieht gut aus, besser als Toast Hawaii, Toast Ramses, sozusagen, Brot wird knuspriger, wenn es zuerst gekühlt und dann erhitzt wird, das ist das umgekehrte Gefriertrockenverfahren von Pulverkaffee, man erreicht da wirklich ganz erstaunliche Resultate, das ist im Prinzip das, was in der Molekularküche von Ferran Adrià und dem ganzen Rattenschwanz an Epigonen auch gemacht wird, arbeiten mit Stickstoff unterhalb des Gefrierpunkts. Ramses' Ausführungen machen Armin plötzlich sehr müde, lullen ihn ein, müde und melancholisch, die ganze Euphorie vom Klo ist plötzlich wie Stickstoff verpufft, was mag Schubal jetzt wohl machen, eine große Milde gegen Schubal entsteht, obwohl er ihn ja hier in diese Lage geritten hat, wenn er jetzt neben Schubal aufgewacht wäre, wäre doch alles geordneter, er hätte sich nicht wegschleichen müssen, hätte bei ihm entspannt frühstücken können, egal was, sie hätten den gestrigen Abend noch mal abspulen können, »Revue passieren lassen«, wie es immer heißt, er hatte ja noch Charlotte Roche angesprochen, jedenfalls meinte er sich daran zu erinnern, wie man es schaffe, unverkrampft das Wort »Fotze« auszusprechen, hatte er sie gefragt, sie schaute ihn mit großen Augen an, so, als höre sie das Wort zum ersten Mal, man müsse sich über Standesdünkel erheben können und sozusagen mit der Zunge einer anderen Gesellschaftsklasse sprechen, nur so gehe das, wie die Kinder, die haben, wenn sie den Sinn eines Wortes nicht kennen, auch keine Berührungsangst vor zweifelhaften Wörtern, mit Dingen schon gar nicht, finden sogar Scheiße lustig, Charlotte fragte ihn schnippisch, warum man denn das Wort »Kotze« unverkrampft aussprechen solle? Da hing sie, seine schöne Theorie, wie ein einzelner Turnschuh an einer Stromleitung, während sich Charlotte einem Typen zuwandte, der Norbert Blüm sein musste, und über einen Witz von ihm gackerte, mit gekräuselter Nase, ihrem Markenzeichen.

Ramses und Armin sitzen jetzt schweigend am Küchentisch, trinken löslichen Nescafé (»meine Nespressomaschine eiert, kommt immer ein Schwall heißes Wasser aus dem *Nozzle*«) und essen, nein mampfen Toast Ramses, das Brot ist wie Pappmaché und wie Gummi der Käse, von dem die Beeren kullern, sie sind nicht eingesunken, wie es wohl beabsichtigt war, zu leicht vermutlich, sie kullern vom Brot wie seine Murmel vorhin unters Bett, die Murmel, die er schon seit acht Jahren in der Hosentasche hat, ein Geschenk einer Iranerin namens Simone, soll Glück bringen, tja, welches Glück? Es klingelt.

– Das werden Lydia und Armin sein, muss mir was anziehen.

Ramses springt auf, aha, er verwechselt ihn, Armin, tatsächlich mit Schubal, keine Namenserinnerung, aber eine an Verabredungen, jetzt kann er sich den Ulf sparen, jetzt werden die Karten neu verteilt, und Schubal wird sich nicht wehren, wenn er verwechselt wird.

– Die kommen her?

Armin versucht, seine Panik »gefrierzutrocknen«, seine Frage emotionslos, ausgeschlafen zu bringen.

– So früh?

– Ja, haben wir doch gestern so ausgemacht, ich schieb noch schnell eine Ladung Toasts ins Rohr und du mach dann die Tür auf, wenn sie oben sind, ich kann mich nicht in diesem Aufzug blicken lassen.

Armin wandelt eine Scham an, nicht, weil er hier geschlafen hat, damit könnte man ja sogar angeben, niemand weiß, was in der Nacht tatsächlich passiert ist, vielleicht wollte Ramses ihm »an die Wäsche«, aber er ist nur mitgekommen, weil er nur noch einen Absacker, einen Kaffee, eine Zigarre oder einen Ofen, eine Tüte oder so was oben in der Wohnung wollte, sich ihm hingeben, weil er einen berühmten Namen hat? Sicher nicht! Kommst du noch mit rauf? Diese immer wieder gestellte Frage, die nur eine Absicht verfolgt, eine der transparentesten Absichten überhaupt, mit den fadenscheinigsten Ködern, aber Armin ging es nur um den Köder, nicht um den Haken. Sollte man mal gegenfragen, Kommst du noch mit rauf? Ja, aber was ist der Haken bei der Sache? Fensterputzen z. B., als Abwechslung, oder irgendwas anschrauben.

Ihn irritiert, dass er nur eine Socke anhat und dass seine iranische Murmel unter Ramses' Bett liegt, von der Murmel weiß keiner, ein Mann mit nur einer Socke, der hat gar nichts, allerdings auch nichts zu verlieren, er ist halbiert, ein Jungtürke eben, ohne dass er genau weiß, was ein Jungtürke ist, er glaubt, ein unfertiger Mensch, an Tagen wie diesen toben die Bilder, Metaphern und Worte ganz besonders hektisch und flackernd durch sein Gehirn, wie Fliegen kommen sie ungebeten durchs geöffnete Fenster, draußen sitzen sie auf den Scheißhaufen, drinnen setzen sie sich auf die Salami und kotzen alles voll, kotzen, um die Salami zu zersetzen, den Brei saugen sie dann auf mit ihrem Rüssel, hätten die Fliegen Zähne und die Menschen Rüssel, dann …

– Hallo-ho, ist jemand zu Hause?

Schubal und Lydia betreten die Wohnung, Lydia lacht und deutet, das war klar, auf den einen nackten Fuß, ein gemeines Lachen, das so gar nicht zu ihrem keusch-betrunkenen Mädchenausdruck von gestern passt, aber vermutlich tobt es in ihr drinnen genauso, wie es in Armin tobt, das große Nagetier, man muss sich zuerst finden, vorher noch ein bisschen als Geist herumeiern, als Gardine wehen im Wind, Orientierung suchen, Andockmöglichkeiten, eine Haltestange, da darf man hämisch sein, auch wenn die Botschaft doppelt verletzend ankommt, denn empfindlich ist man natürlich auch, aber man muss die Schwächen ja irgendwie kompensieren, kanalisieren, nicht wahr?

Schubal zieht die Schuhe aus, als er die Wohnung betritt, Lydia nicht, sie hebt die Schultern und stellt die Handinnenflächen nach außen vor, die Was-soll's-Geste, und? Auf den fragenden Blick Armins:

– Heute Nachmittag kommt die Putzfrau.

Woher weiß sie das? Ist sie mit Ramses *doch* enger?

Der kommt aus dem Schlafzimmer, angezogen.

– Na, ihr zwei Hübschen, wer will was? Tee, Kaffee, Supertoast, Stützbier, Auffangbier, hoffe, ihr seid noch nicht so weit, was, Armin?

Er sieht Schubal an, Schubal ist irritiert, er kann sich nicht entscheiden, den Namen zu korrigieren oder ein Bier zu verlangen, oder kein Bier? Noch schwerer ist die Entscheidung zwischen Kaffee und Tee, oder Tee und Bier?

– Ich müsste mal wohin.

– Zweite rechts, aber Vorsicht, Aquaplaning, war grad unter der Dusche.

Schubal betritt das Bad mit Socken, sofort klatschnass, er krempelt sich die Hosen hoch, während er gleichzeitig denkt: Was soll das denn jetzt, der Pegel steigt ja nicht, wache auf, er muss eigentlich scheißen, in der Nacht hatte er gekotzt, die vielen Dörrpflaumen und Salzmandeln bei Schlingensief und dann noch der nächtliche (vegetarische) Kebab, das ist die biblische Teilung des Roten Meeres, in seiner Mitte, in der Mitte seines Körpers wird entschieden, was kommt oben raus, was hinten.

Aber hier geht Scheißen schlecht, Füße nass, draußen die muntere Gesellschaft, einer von ihnen hält ihn für Armin, aber das ist doch gar nicht so schlecht, gute Ausgangsbasis, für einen zumindest ist er nicht er und kann tun und lassen, was er will, und für die anderen ist er nur ein Nachname, nichts weiter, kein Alter, keine Herkunft, sie haben ja auch nie gefragt, niemand fragt ihn, er selbst würde sich ja auch nicht fragen, warum ist das so? Fragt er sich mit nassen Socken auf dem Klo des Enkels von Heiner Müller, der so aussieht wie Benjamin von Stuckrad-Barre, hier kommen die zwei Enden zusammen, das Größte und das Kleinste, dazwischen befindet sich die Welt, oder das Leben, die Wirklichkeit oder was auch immer, oder auch nur zwei Haselnüsse, personifiziert in Gestalt von Lydia und Armin, aber das eine Ende ist ja immer er, wo bin ich hier, in welcher Schleife? Wache auf, gehe, aber wie soll Gehen gehen? Wenn noch nicht mal Scheißen geht? Er presst, er beobachtet sich beim Pressen, er ist zwei, er kann nicht genau sagen, wer von beiden er ist, weil er nichts zustande bringt »presstechnisch«, könnte er genauso gut der sein, der den anderen beobachtet. Der gestrige Abend, gut, so viele Promis auf einem Haufen (Haufen!) hatte er noch nie erlebt, er war mitten unter ihnen, einer von ihnen, weiter, weiter, lass den Film laufen von gestern, lenkt ab, was oben unten im Wege steht, vielleicht arbeitet der Scheißschließmuskel so ungestörter, Norbert Blüm (»die Renten sind stabil«), was hat der da gemacht, wieso war der auf einer Fete von Christoph Schlingensief?

Er hat Armin gehasst, diesen Besserwisser, Schaumschläger, der Gockel, der Spielhahn, wie er um Lydia getänzelt ist, um Charlotte Roche, und sich zum kompletten Idioten gemacht hat, wie der letzte Terroraffe, man hätte ihn vor sich selbst in Schutz nehmen müssen, das ist selbst Schubal aufgefallen, er hätte ihn nehmen und nach Hause schicken sollen, andererseits wäre er ohne Armins Chuzpe da nie reingekommen, es kam ihm wie ein Traum vor, vielleicht war es einer, und ich sitze hier nicht wirklich auf dem Klo und beobachte mich auch nicht wirklich dabei, nichts zu machen, vielleicht sitzen wir zwei doch wieder zu Hause in der Lieutenant-Thomas-Glahn-Straße 61 und klicken uns durchs Internet, hier kenne ich die Wege und Wegweiser, Hausmeister und Hausordnungen und weiß, was wohin führt, hier muss mir niemand was vormachen, wie ich niemandem etwas vormache, ich bin kein Angeber, muss keiner sein, ich bin ein Sammler, hier bin ich ich, HIER, auf dem Klo jetzt offenbar nicht, ein fremdgesteuertes Aufziehinsekt, aber das betrübt ihn nicht weiter, seit bald achtzehn Stunden steht er unter ständiger Beobachtung, ist er in einer Welt, die zu betreten nur jemand vermag, der sich total aufgeben kann, er hat es einmal versucht, hat sich reinfallen lassen, treiben lassen wie ein kleines Stückchen Holz, und dann sieht er, wie Gregor Gysi tanzt, wo soll man das sonst sehen, und dann steht er plötzlich auf der Gästeliste der nächsten PDS-Weihnachtsfeier, Gästeliste + 1, der rote Adel, es ist absurd, es ist schön, so verlockend, so fremd, fremder war er sich nie. Es geht nicht, er sollte es lassen, es klopft, es ist Lydia.

– Komm runter von deinem Kreuz, jemand anders braucht das Holz.

Schubal zuckt zusammen, gerade hätte es klappen können, irgendwie, dann sie, dann dieser fromme Wunsch, die Wurst, die Kotsäule, sie zieht sich wieder zurück, als sei sie beleidigt, erschreckt worden, und das ist sie ja, wie die Fühler einer Schnecke, er fühlt sich so, als hätte er gerade einen Toten begraben, dessen Armbanduhr noch tickt, das geht nicht, das kann man nicht machen, das könnt *ihr* nicht machen, man kann einen ehrlichen Mann nicht auf die Knie zwingen, und DAS muss er sich nicht von Lydia gefallen lassen, was soll das? Er ist doppelt empfindlich, sie wohl auch, oder ist das die Rache? Es ist ja nun nicht nichts vorgefallen, während sie an seinem Penis, Gott, wie hasst er das Wort, klingt wie eine Seuche, und ist es ja auch, aber es gibt ja sonst nichts, Schwanz, das geht ja gar nicht, während sie also an seinem Hosenbruder lutscht wie an einem Nogger, nein am Nogger nagt man ja, an einem Calippo saugt und sabbert man, während sie also am Calippo lutscht, muss er kotzen (nicht *sie*, wohlgemerkt!), »du kommst an der falschen Stelle«, hat sie gemeint und ihn angesehen, so verwirrt wie ein Tier, das aus einem brennenden Wald herausschaut, dann ist alles aus, er weint, sie sitzt betreten daneben, er muss die Kotze wegmachen, oder soll sie das machen, ist ja ihr Bett, wie macht man Kotze weg, mit einem Löffel, mit dem Staubsauger? Auf wen hat sie sich da eingelassen, sie hätte ja lieber Ramses mitgenommen und sich Barre eingebildet, jetzt muss sie sich quasi hocharbeiten, sie ist ja die kleinste Karte, dummerweise, also, Schubal ist der Ersatzramses, der der Ersatzbarre ist, aber vielleicht hätte der auch gekotzt, vielleicht hat sie was falsch gemacht, Jungs fällt es ja immer schwer, zu reden, sie können sich einfach nicht ausdrücken, fremde Sprache, wieso macht der jetzt seine Kotze nicht weg, oder erwartet er, dass sie das macht? Er sitzt da und weint, das Mysterium blank liegender Nerven in einem verhungerten Körper, seine erste Frau, und dann das, die totale Konfusion, all die Dörrpflaumen gestern, die falschen Krebsriegel, und warum musste er die mit den Nelken gespickte Zwiebel essen, wer spickt Zwiebeln und warum, und das war nicht Tim Mälzer da in der Küche, wie Armin behauptete, sondern Zacherl, der Näselnde mit dem Bart, der Superlustige, er hat ihn noch gefragt, ob Mayonnaise in der modernen Küche überhaupt noch eine ernst zu nehmende Rolle spiele, Zacherl hat gelacht, sein Bart, der an seinem Kinn hing wie ein Eiszapfen aus Haaren, gezittert, dann haben sie noch über Pfirsich Melba und Birne Helene und Bananensplit geredet, was von den dreien nicht in die Reihe passt, Bananensplit, weil es Bananen nicht in der Dose gibt, warum eigentlich nicht? Und jetzt klopft wieder Lydia an der Tür, sie will ihn ein zweites Mal innerhalb von achtzehn Stunden (für ihn achtzehn bleierne Tage) entmannen, sie kommt von Ramses, er macht sie zu seinem Werkzeug, mach's mal mit dem, kastriere ihn meinetwegen, kau ihm ein Ei ab und erzähl, ich schreib was drüber im Internet, Marbert Mann, »Wie der Heizer tickt«, dabei ist Marbert Mann SEIN Name, den hat er sich ausgedacht, warum nimmt man ihm den weg? Er fühlt sich verfolgt, gedemütigt, beschmutzt, bestohlen, ein lebendiger Schmerz, wie ein ungesühntes Verbrechen, auch wenn der Gedanke an ihre unsymmetrischen Brüste ihn etwas versöhnt, auch sie hat Fehler, aber was soll er damit tun? Da liegen sie vor ihm und schauen ihn an, nicht er sie, natürlich nicht, er ist ja kein Voyeur, anfassen, ja, und dann, in der Hand wägen, mit ihnen wabbeln, er kommt sich wie ein Kleinkind vor, das mit einem Pudding spielt, an der Brustwarze saugen, nein, das geht nicht, außerdem hat sie gar keine richtigen Brustwarzen, das sind so riesige braune Felder, da ragt nichts raus, wenn er da was in den Mund nehmen würde, sie lacht ihn aus, er ist doch kein Kleinkind, ihre unglaublich langen, ungelockten, glatten Schamhaare, eins hatte er im Mund (wie kam das dahin?), das kitzelte in seiner Kehle, so lang war das, da hätte er schon fast gekotzt, das Haar war eingeklemmt zwischen zwei Backenzähnen wie eine Zahnseide, was hatte er gegessen, nichts Faseriges, Backpflaumen, die Zwiebel, gereihert hatte er dann eben nicht wegen dem Haar in der Kehle, sondern später, als sie ihm einen blies und dabei schnob wie ein Ross, und er aus dem Augenwinkel eine

Fliege, eine grün schillernde, also keine von den netten, gemütlichen, kollegialen Stubenfliegen, sondern eine gemeine Schmeißfliege, zum Fenster reinfliegen sah, es war bereits zehn Uhr morgens, oder elf, sie setzte sich, ein spätes Frühstück, auf den Teller mit den Käseresten, der da neben dem Bett stand auf dem kleinen Schmucktisch und auf *Feuchtgebiete*, Brie auch, er hatte ihr wohl von seinem Käsetrauma erzählt, der Camembert und er, die bipolare Essstörung, und sie wollte ihm zu Hilfe kommen, in der Nacht noch Käseerziehung, sein posttraumatisches Belastungssyndrom entzerren, das Buch da unter dem Teller allerdings hatte er noch nicht gelesen, er wartete auf die Taschenbuchausgabe, macht er immer so, da setzt sich diese grüne Fliege auf eine Käserinde, fährt ihren Teleskoprüssel aus, das beobachtet er alles ganz genau, und kotzt auf die Rinde, das müssen Fliegen ja machen, sie können nichts beißen, würgt Magensaft hoch, durch den Rüssel auf den Käse, den pelzigen, das zersetzt den Weichkäse oder was auch immer, und dann saugen sie das wieder hoch, sie ernähren sich von ihrer eigenen Kotze, verquirlt mit dem, was sie finden, aber am liebsten mit Fauligem, Verdorbenem, und da kommt es eben Schubal, und das geht nicht, so nicht, das ist so UNFAIR, in diesem Moment, er kotzt zur Seite auf seinen Arm, in die Achselhöhle, sozusagen als Auffangbecken, statt einer hohlen Hand, die ist zu weit weg, in die Matratze gekrallt, er sieht Brocken, Nelken auch, böse brummend schwirrt schillernd die Fliege auf, knallt gegen die Fensterscheibe, seine Wut geht nach innen, warum muss die Natur so grausam sein, doch die kann nicht raus, die Wut, sie wird immer tiefer in ihn gedreht von einem umgekehrten Korkenzieher, er beißt auf seine Zungenränder, Lydia schaut hoch, streicht sich ihre Haare aus dem Gesicht, hat etwas auf der Zunge, was sie mit zwei Fingern, Daumen und Ringfinger, entfernt, eine Tabakfaser vielleicht, obwohl er gar nicht raucht, er presst seine Zähne aufeinander, so stark, dass ihm die Haare wehtun, die Haarwurzeln.

– Hallo, jemand zu Hause?

Lydia klopft.

– Komme gleich.

Und in diesem Moment wird er sich bewusst, dass er alles nur NOCH schlimmer gemacht hat, er beißt auf seine Faust, sie denkt, er wichst im Klo, holt das nach, was er gestern versäumt, sozusagen verkotzt hat, er will nicht mehr hier sein, Scheißen geht schon gar nicht mehr, es kneift im Bauch, im Unterleib, draußen wartet Lydia, seine erste Frau, seine allererste, und dann DAS.

– Er sitzt da drin, ich weiß nicht, was er macht.

Es klopft wieder, Ramses: Geht's dir nicht gut, Armin, alles klar bei dir?

– Der heißt nicht Armin, Armin sitzt in der Küche, der da drin heißt Schubal.

– Ach so? Schubal, geht's dir nicht gut? Musst du kotzen?

– Hat er schon, gestern.

– Echt? Verträgt er nichts?

Schubal hält sich die Ohren zu.

– Komme gleich, ich wasch nur meine Socken.

Er hat keine Ahnung, wie ihm DIESE Idee plötzlich kommt, damit löst er ja alles, er masturbiert nicht, er kann nicht scheißen, UND er hat eine Erklärung für seine nassen Socken, warum er sie wäscht, muss er sich noch ausdenken, zumindest hört er draußen Lachen und so was wie »Scherzkeks«, lieber das als ein Perverser, der sich auf fremden Klos einen abrubbelt. Schubal zieht sich die Socken aus und wäscht sie tatsächlich, als würden ihn die anderen überprüfen, kann ja nicht schaden, nass sind sie ja sowieso, aber wie soll er sie trocknen, einen Fön gibt's nicht, warum sollte sich Ramses auch die Glatze fönen? Wie er wohl mit so langen Hardrock-Haaren aussieht? Er hatte mal einen in einer Bar gesehen, der ist reingekommen, hatte total staubige Schuhe, der fragte die Kellnerin (Angie), ob sie ihm die Schuhe kurz im Geschirrspüler waschen könne, und die machte das, die Schuhe kamen dann zwar feucht, aber sauber und warm aus dem Trommelgitter, vielleicht könnte er ja die Socken hier auch so unkonventionell trocknen, auf den Toaster legen z. B., manche haben auch so Aufsätze für Brötchen, er wringt die Socken aus, schließt die Tür auf und sucht »seine« Leute, er folgt den Stimmen, es klingt so, als säßen sie in einer Küche, jeder Raum hat seine eigene Akustik, und in der Küche sitzen sie dann auch.

Schubal kennt einen »lustigen« Trick mit Socken, man schiebt sie unter die Brillenbügel, dann sieht man aus wie ein Dackel, aber mit den nassen Socken will er das jetzt lieber nicht riskieren, das kommt unter Umständen obszön rüber, er hatte sich bis jetzt sowieso schon reichlich beschädigt, am Ende glauben sie, das sind keine Dackelohren, sondern sollen Schamlippen sein, er hält die Socken vor sich, so, als erwarte er eine Antwort auf eine Frage, die er nicht gestellt hat.

– Ich rieche manchmal auch meine Socken durch meine Schuhe, besonders wenn's heiß ist und ich verkatert bin, da schwitzt man für zwei.

Ramses kommt ihm entgegen, auch wenn es gar nicht heiß ist, sondern November.

– Wie machen wir die jetzt trocken? Vielleicht in den Backofen, ist noch warm von den Toasts, gib mal her, die beiden Lümmeltüten.

Er nimmt sie ihm mit spitzen Fingern ab, während der grinsende Armin den Ofen öffnet, und legt sie auf den Rost, auf dem bis vor Kurzem noch seine Toastkreation dampfte.

– Sind die aus Synthetik, denn wenn, kannst du sie vergessen, dann hast du gleich zwei Nuggets, und das bisschen Käsegeruch gibt ihnen das passende Odeur, haha.

Alle lachen, Schubal auch, säuerlich, mit seinem linken Fuß tritt er auf etwas Weiches, es ist eine Johannisbeere, er ist jetzt besser still und setzt sich zu den anderen an den Tisch, auf einem großen gläsernen Teller liegen ein paar Toasts mit den roten Beeren, man fragt nicht, vielleicht ist das eine Art Resteessen hier.

– Schöner Abend war das gestern mit euch …

Alle nicken, aber nicht froh, sondern bedrückt und sorgenvoll.

– Das Klo ist ja auch noch zu Bruch gegangen, Christoph war stinksauer, kann mir nicht vorstellen, wie man ein Klo zertrümmert, da muss man einen gewaltigen Druck haben, auf der Blase oder im Darm oder wo auch immer.

Woauchimmer, was oder wo soll das sein, denkt sich Armin, vom Klo weiß er nichts, vielleicht hat ja auch jemand auf ihm getanzt, wie auf dem Vulkan, Spiel mit dem Feuer, Rauch quillt plötzlich aus dem Ofen.

– Ah, die Socken sind gar.

Ramses fischt sie mit einer hölzernen Salatgabel, die mit einem Giraffenmuster angemalt ist und am Griffende einen geschnitzten Giraffenkopf hat, aus dem Ofen und schleudert sie Schubal entgegen, der kann nur einen fangen, der andere fliegt auf die Toasts, es ist alles so peinlich, so unnötig, die Schamschichten werden immer mehr, immer noch eine wird quasi minütlich auf die vorherige aufgepappt, einzige Hoffnung, dass man die untersten dadurch nicht mehr erkennen kann, sie also von den obersten neutralisiert werden, Schubal zupft den Socken vom Toast, dadurch kollern noch mehr Johannisbeeren vom Brot, vom Käse, vom Tisch, auf den Boden, ja, das bin doch ich, denkt sich Armin, meine fehlende eine Socke, die weggerollte eine Murmel der Iranerin, aussprechen will ich das aber nicht, noch nicht, die Stimmung ist so angespannt, tödlich, dass er eine Gänsehaut bekommt, aber trotzdem muss er ausgerechnet an Norbert Blüm denken, vielleicht weil der so eine kugelige Form hat wie Danny DeVito, was hat er da gemacht? War das alles inszeniert, um ihn kirre zu machen? Unsinn, der macht ja jetzt auch so Kabarett mit diesem einen ehemaligen *Tatort*-Kommissar, Robert Atzorn oder so, nein, Peter Sodann, Kommissar Ehrlicher, vielleicht kommt der da über die Theaterconnection rein, denkbar wäre es, er fühlt sich plötzlich sehr alt, wie Peter Sodann mit seinen traurigen, gefärbten Haaren und seiner penetrant ausgestellten und schlecht gespielten Schusseligkeit, so kommt sich Armin vor, isoliert, gefangen im Spiel, abgekämpft, müde, hohl, wie ein verlassener Kokon, die Motte ist schon längst geschlüpft, fühlt sich nicht nur so, ist es.

– Und, seid ihr alle gut nach Hause gekommen?

Ramses wieder, er bricht das Eis, das Speiseeis. Schubal beugt sich unter den Tisch, um eine Beere aufzuklauben und die Frage nicht beantworten zu müssen, Lydia nickt.

– Ich hab Schub-Schub hier (Kinn deutet auf Armin) abgeschleppt.

Ramses lacht wie Ernie aus der Sesamstraße, schnarrend, krch krch krch, Lydia schaut irritiert, er ist schwul? Ein neues Bauelement, es muss also alles umgebaut werden, ihre Nacht mit Schubal bekommt eine neue Dimension.

– Der konnte ja schon nicht mehr gerade gehen, es wäre fahrlässig gewesen, ihn alleine zu lassen, hat sogar vergessen, wo er wohnt und wie er heißt, mir hat er immer erzählt, er heißt nicht Schubert, sondern Norbert, aber ich könne ihn Nobsi nennen.

Nobsi? Schubert? Wieso kann er sich nicht merken, dass er Armin heißt, das kann doch nicht so schwer sein, ist das so ein unnormaler Name? Aber vielleicht gerade deswegen, austauschbar normal, er fühlt sich leer wie ein leerer Eimer, auch seinen Namen hat man ausgeschüttet, andererseits, als Identitätsloser hat er nichts zu verlieren, zu seinen vielen Lücken kommt noch das erschreckende Bild, das hier jemand von ihm bastelt, das des Irren, der auch auf Klos tanzt und sich als Norbert Blüm ausgibt, zumindest kann man jetzt sein Hiersein als Akt der Barmherzigkeit erklären, damit kann er durchaus leben, auch wenn das alles auf eine Totalentgleisung schließen lässt, aber auch da besteht ja die Hoffnung, dass er in der Nacht etwas Kreatives zuwege gebracht hat, vielleicht war *er* ja am Ende der, der das Klo kaputt gemacht hat, zuerst getanzt und dann zertrümmert, aber das ist ihm egal, im Gegenteil, das ehrt ihn sogar, jetzt fühlt er sich stark, das Klo von Christoph Schlingensief demoliert, wenn Schlingensief er gewesen wäre, hätte er genau das Gleiche getan, der Bürgerschreck, *Macht kaputt, was euch kaputt macht*, Power to the Powerpeople, Alle gegen alle, Keiner hilft keinem, Ein Mensch ist keine Insel, Null Bock auf gar nichts, Nie wieder Antifaschismus. Jetzt denkt er sich in Rage, *Rage Against The Machine*, der Übermut, andererseits, ein Klo kann einen doch nicht kaputt machen, demzufolge muss man es doch auch nicht kaputt machen, zumindest schöpft er neue Zuversicht, seine Socke und seine Murmel betreffend, er greift sich beherzt einen Toast Ramses, alle Beeren kullern zu Boden.

– Macht nichts, heute Nachmittag kommt die Putzfrau.

Armin ist locker, eine Lockerungsübung.

– Woher weißt du?

Ramses tut überrascht, vielleicht ist er es, vielleicht hat er vergessen, dass er es heute schon mal gesagt hat, das mit der Putzfrau.

– Hat Lydia gesagt.

Ha! Das war eine messerscharfe Strategie, wenn die Wirklichkeit Butter ist (ist sie ja auch, fettig, ranzig und knetbar), da geht das Messer rein, so erfährt er nebenbei, wie nahe sich Ramses und Lydia wirklich sind, Punkt für ihn, für Armin die Kobra, Kobra, ganz gutes Bild für sein wiedererstarktes Selbst inmitten eines heillosen Chaos, die listige Kobra, obwohl er sich ja im Moment eher wie eine Arschmakrele fühlt, egal, ein Teil von ihm hält sich für eine Kobra, der andere für eine Makrele, damit kann man leben, das kleine bisschen Schizophrenie leistet man sich wie den Feierabendcognac zum *Tatort*, dafür hatte man ja hart genug gearbeitet, zumindest von gestern Abend bis jetzt hier am Küchentisch (3 Uhr schon, wo bleibt die Putzfrau?), am Küchentisch von einem, der so aussieht wie Benjamin von Stuckrad-Barre, der berühmte Schriftsteller, und selbst den machen sie zum Schizo, Schizofred, wenn ich Punksänger wäre, würde ich mich Schizofred Müller nennen, nein, Müller heißt ja Ramses schon, Schizofred Tschaikowski, das ist es, das knallt, da ist Schwung drin wie in Blixa Bargeld und Rocko Schamoni zusammen, Schizofred Tschaikowski, *Die Heimkehr der Arschmakrelenfischer*, dtv, 9,80 €, Armin beginnt innerlich zu glühen.

– Woher weißt du, dass heute meine Putzfrau kommt?

Ramses wendet sich jetzt direkt an Lydia, sein Ton ist

scharf, sie noch ganz in Gedanken, mit dem Zeigefinger sanft auf dem Tisch mit einer Johannisbeere herumrollend, der keusche Mädchenausdruck ihres Fingers wirkt zärtlich auf alle hier am Tisch, und die Runzeln über dem Knöchel sind noch voller Freundlichkeit.

– Hat doch gestern Christoph erzählt, dienstags kommt bei dir immer die Putzfrau, Aska heißt die, Norwegisch für »Asche«, dabei ist die aus Zimbabwe, und Christoph hat sie auch, nur dass sie bei ihm montags kommt, das hat er allen erzählt. Er kann nicht sauber machen, das hat er nicht gelernt, er hat es einmal versucht und dabei gemerkt, dass er da nicht gut drin ist, in dieser Übung.

– Wie die wohl das kaputte Klo putzt?

Schubal, offenbar im Klo »hängen geblieben«, ist erleichtert, etwas beizusteuern in einer schmalen Kommunikationslücke, und die Frage ist ja gar nicht mal so dumm, zumal dazukommt, dass, wenn Aska gestern bei Schlingensief war, also am Nachmittag oder so, dann ist er ja nicht sehr klug, aber solidarisch, dass er der Putzfrau die verdreckte Partywohnung nicht zumuten mag, er sie lieber für seine Gäste vorher putzen lässt, deren Spuren er dann selbst tilgt, ich will nicht, dass eine Afrikanerin sieht, dass wir wie die Schweine leben, oder er hat noch eine, die von der anderen nichts weiß, eine für Notfälle, für die ganz niederen Dienste. Andererseits hat Schubals Frage natürlich auch etwas traumalösendes, die drückende Wurst, die sich wieder im warmen Darm wie im gemütlichen Schlafsack versteckt hat, doch seine Frage, wie man ein kaputtes Klo putzt, wird leider übergangen.

– Aska ist kein Opfer vom gängigen Genitalverstümmelungsbrauch, aber sie kokettiert damit, und man will ihr ja nicht in die Unterhose sehen.

– Woher weißt du, dass sie kein Opfer ist?

Lydia wird wieder kämpferisch, feministisch, auch, um von dieser grässlichen Nacht abzulenken, die Bilder des jammernden Schubal, der SIE fragt, wie man Kotze wieder »rausbekommt«.

– Zimbabwe kennt keine Genitalverstümmelungen.

Lydia fühlt sich wieder zurückgeworfen, klein und dumm, sie weiß so wenig, sie weiß so gar nichts, sie hat es noch nicht mal geschafft, *Feuchtgebiete* zu lesen, ihre Mutter hatte es ihr geschickt, aus Bad Salzuflen, »Liebe Spatzenhulda, *das* solltest du lesen, das ist interessant«.

– Habt ihr *Feuchtgebiete* gelesen?

Ramses will ablenken und kann anscheinend Lydias Gedanken lesen, oder überleiten von den nicht existenten Genitalverstümmelungen Zimbabwes zum Alphamädchen dieser Tage. Keine Antwort, also antwortet er sich selbst.

– Ich auch nicht, der Hype hat mich einfach abgestoßen, ich mag Charlotte, ich mag ihre Attitüde, leider denkt sie auch, ich bin Barre, also das »große« (er macht mit ironischer Mimik die Gänsefüßchen mit seinen Fingern) Stucken-B, Popfürst von eigenen Gnaden, wisst ihr eigentlich, was *barren* ist? Also nicht das Turngerät, da, wo wir als Kinder wie Säcke dran rumhingen, sondern das Verb, barren, Pferden die Beine brechen, weiß nicht, wie ich von Charlotte DARAUF komme, ah ja, sie sieht ja so aus wie ein Mädchen, das sich ein Pferd wünscht, nichts sehnlicher als dieses Pferd, das sie dann aber nur striegelt, sie ist viel zu ängstlich, das große, dampfende, muskulöse Tier zwischen ihren gespreizten dünnen Beinen, nie reiten, das ist auch ein viel zu weihevoller, grober Akt, sie will das Ross immer nur striegeln, bei jeder sich bietenden Gelegenheit, dass es so glatt und glänzend wie ein Spiegel wird, in dem sie sich betrachtet, mal von links, mal von rechts, dann entdeckt sie einen Pickel an ihrem Kinn in ihrem Porzellangesichtchen mit der süß-gekräuselten Nase, sie drückt den Pickel aus, er schmatzt gegen den Spiegel, und in *dem* Moment ist das Pferd wieder struppig, viele assoziieren mit ihr ja immer Pippi Langstrumpf, die ihr ungepflegtes Pferd hochheben kann, aber ich seh bei ihr immer dieses kleine enttäuschte Prinzesschen, das ihr Pferd struppig striegelt, es wird nie glatt, wie Sisyphos, immer wenn er die Kugel oben auf dem Berg hat, rollt sie runter wie ein Perpetuum mobile, oder eine Murmel, hey, ich hab vorhin unter meinem Bett diese schöne Murmel gefunden, schöner Talisman, die Murmel hat mir mal einer geschenkt, der mit dem Dalai-Lama was hatte, ja, der ist wirklich schwul, der meinte, das sei das universelle Wissen, die Welt ist die Schüssel, und da kullere die Murmel immer hin und her, als gebündeltes Weltwissen, ich hab so lange gesucht, ich dachte, ich hätte die irgendwo in der Badeanstalt oder so verloren, und dann find ich sie hier bei mir unterm Bett, hat Aska wohl übersehen.

Armin fühlt sich allein gelassen, weiß nur nicht, von wem, wahrscheinlich von der Murmel, aber wem kann man das erzählen? Eine Murmel hat mich betrogen? Ein großer Gletscher, eine Endmoräne hat sich hier plötzlich in die Küche geschoben, er schaut Lydia an, fragend, aber was soll sie schon sagen?

– Ein Perpetuum mobile geht doch anders, da kommen lauter Kugeln raus, weil man Kugeln in sie reinwirft, die dann wieder rauskommen, ein ewiger Kreislauf, oder?

Sie verwechselt das mit einem Zigarettenesel, auf dem Rücken hat er einen Bastkorb, da kommen die Zigaretten rein, wenn man dann die Ohren nach vorn klappt, hebt er den Schwanz, und aus seinem After kommt eine Zigarette, damit hat man sich in den fünfziger Jahren die Zeit vertrieben, Armin denkt es, ist aber zu schwach, es zu sagen, er ist allein, wer weiß, vielleicht würde man ihn gar nicht hören, er würde piepsen wie eine Maus, jetzt war die Murmel dahin, heiliggesprochen vom Lama, und vielleicht hätten sie ja gestern die Socke noch geraucht, statt des Joints, so, er will es gar nicht wissen, er will nur weg, auch mit einer Socke würde man noch gehen können, früher, als er noch jünger war, hat er seine Mutter immer gebeten, ihm größere Schuhe zu kaufen, er wollte älter sein, sein Gehen, sein Schlurfen wirkte aber wie das eines Rentners, ein Sechsjähriger mit dem Gang eines Greises, jetzt, mit nur einer Socke, würde er humpeln, aber eine körperliche Disposition wäre allemal akzeptabler als die seelischen Wunden (Streifschüsse) und Wirrnisse, die sich in den vielen Stunden hier und draußen aufgetürmt haben, und je länger er warten würde, desto schlimmer würde es werden, dessen war er sich sicher, ein Wunder müsste geschehen, so wie das gestern mit dem Buch, das er Schlingensief zurückgab, das war Zauberei. Es klingelt.

– Das wird Aska sein.

Ramses springt auf, Gegensprechanlage.

– Hallooooo? Was? Du? Komm rauf.

Es ist Christoph, hochrotes Gesicht, bevor er etwas sagen kann, legt Ramses seinen Finger auf die Karpfenlippen, rollt mit den Augen und raunt verschwörerisch:

– Wir müssen reden.

– Nein, WIR müssen reden.

– Hab ich doch grad gesagt.

– Nein, du hast gesagt: wir müssen reden, und meinst dich und mich, ich meine aber mich und dich.

Schlingensief scheint nicht nur wegen des zerbrochenen Klos in Rage.

– Worüber willst du mit mir reden, über deine Verrückten, oder was? Ich will damit nichts weiter zu tun haben.

– Haußmann …

– Haußmann ist ein Arsch.

– Das kann man so nicht sagen, Haußmann …

– Ist ein Arsch.

– Man muss Scheiße von Dreck trennen können, Christoph, das hat Michail Gorbatschow gesagt.

– Nein, er hat gesagt: Erkenne den Unterschied zwischen Scheiße und Schuhcreme.

– Genau das meine ich.

– Was?

– Dass wir hier eine historisch einmalige Situation

haben, ich kann eine vollkommen neue Person erschaffen, unter Zuhilfenahme dreier Zeugen, die …

– Du bist wahnsinnig, das ist Eigenblutdoping, das ist ethisch nicht in Ordnung.

Schlingensief wird laut, Stuckrad beschwichtigt ihn, flüstert:

– Die sitzen gerade in der Küche. Also, wenn mich Haußmann schon fragt, ob ich ein Stück habe, dann will ich das jetzt auch schreiben.

– Aber warum er? Warum soll ich das nicht auch können?

– Weil du mit Zwergen und Mongos rummachst, und die da in der Küche sind ECHTE Zwerge und ECHTE Mongos.

– Meinst du, meine Zwerge sind keine echten, sondern geschrumpfte Menschen?

– Nein, echtes Material, deine Zwerge sind zwar Zwerge, aber sie spielen Zwerge, meine drei Typen sind sie selbst, die verstellen sich nicht, die glauben das mit dem Ramsesquatsch, deine Zwerge müssen dir ja nicht zwangsläufig folgen, ich meine geistig.

– Und warum Haußmann?

– Weil der der Handwerker ist, du bist der Künstler, das, was Leander macht, kannst du einfach nicht, was bei dir rauskommt, ist einfach nicht, wie soll ich sagen … gut?

– Was GUT ist, musst gerade du sagen, Parameterreiter Barrenmeister.

– Christoph, lass das.

– Du hast mich verletzt.

– Ich hab dich überhaupt nicht verletzt, entdoofe dich bitte, du hast mich ja nicht gefragt, ob ich was habe, ich hab nur Leander gewählt, d. h., er mich, was ist daran verletzend?

– Dass du mich nicht fragst, ob ich das inszenieren will, dass du mich zu deinem Werkzeug machst, du rufst mich da aus so einem Taxi an, hey, ich komm mit so ein paar Typen zur Party, bitte, bitte erzähl allen, dass ich nicht Stucki bin, sondern, entschuldige, dass ich lache, der Enkel von Heiner Müller und Marlene Dietrich, was ist das für eine kastrierte Idee?

– Das mit der Dietrich hab ich denen noch gar nicht erzählt, bitte behalte das noch für dich, das kommt später, das muss langsam gehen.

– Glaubst du, das war lustig, innerhalb von einer halben Stunde das allen zu verklickern? Und dass die das auch mitmachen, dein perverses Spiel, Blüm hat doch nur gelacht.

– Wie kommt denn Blüm auf deine Fete?

– Das war gar nicht Blüm, das war Danny de Vito mit einer Blümgummimaske

– Echt? Danny de Vito?

– Nein, du Idiot, das war Blüm, der ist jetzt auch nach Berlin gezogen, Friedrichshain, aber der hat nur mitgemacht, weil er 100 Euro wollte, für die Rentenkasse, wie er gesagt hat, und ich reiß mir ein Bein aus, und Haußmann, die Schwuchtel, darf das inszenieren.

– Leander ist nicht schwul.

– Wer Leander heißt, IST schwul, hat Stadlober gesagt.

– Ach, Stadlober.

– Und wenn er nicht schwul ist, ist er eben ein Stasiclown, ich will doch nur auch ein Stück vom Kuchen, und nicht immer nur Brot.

– Du kriegst dauernd was vom Kuchen.

– Genau, Krebs krieg ich vom Kuchen.

– Das ist gemein jetzt.

– Ich darf das sagen, was gemein ist, bestimme ich!

Plötzlich Geschrei aus der Küche, was ist da los, Schlingensief und Stuckrad lösen sich von der Tür und stürmen zur Küche, auf dem Tisch steht Armin, er schreit, baumelt an der Küchenlampe immer hin und her und landet immer wieder auf dem Tisch, so, als sei das seine Startrampe, hat sein Hemd aufgerissen, auf seiner Brust steht mit Lippenstift *get yourself confettized*, am unbesockten Fuß eine Schachtel Corn-Frosties, Lydia schreit, Stuckrad-Ramses schreit:

– Was ist hier los? Seid ihr stulle geworden, oder was?

Schubal tut so, als sei nichts, er wäscht ab, ganz versunken ins Geschirr, melancholisch fast, resigniert, Schlingensief zischt Stuckrad-Ramses ein »Siehst du, das hast du jetzt davon« zu, gemeinsam ziehen sie am zeternden Armin, versuchen ihn vom Tisch zu zerren, ohne dass er fällt, auf dem Fußboden lauter Johannisbeeren, die meisten davon zerquetscht, Beeren, die es also nicht geschafft haben, nützlich zu sein, oder was auch immer, Schlingensief rutscht auf dem Beerenbrei aus, Armin brüllt ihn an:

– FRISS DICH, WIRBELLOSER!

Und während er weiter hin und her schwingt:

– Ist das Herz geleert, ist das Herz geleert, wird's nie mehr voll.

– Was ist denn das für ein Blödsinn, komm da runter, Schumann, sofort! Bitte.

– Ich bin nicht Schumann, der da ist Schubal, der da spült, ich habe Armin ermordet, ich heiße Romanthony.

Was war passiert? Während Schlingensief und Stuckrad an der Tür harte Fronten aufzuweichen versuchen (Methode Wencke Myhre: »Such mich zu begreifen und hör auf, mich zu kneifen«), versuchen gleichzeitig die drei in der Küche Verbliebenen, das postalkoholische Eis behutsam, aber ungeschickt abzutauen oder eher aufzuhacken, um die in ihm eingeschlossenen Fische freizubekommen, die vielen Missverständnisse, wer kam wie mit wem und warum in welches Bett, zu verlieren hatte keiner mehr etwas, man könnte von vorn beginnen, wenn man hier alles geklärt hätte, Lydia weint still, es läuft einfach so aus ihren Augen, Schubal denkt fahrig, sie bräuchte nur ein bisschen Seife, um die Tränen abzuwaschen.

Armin fängt an.

– Ich muss hier bald weg, ganz schnell, bitte komm mit, Lydia.

– Und warum?

Lydia schaut ihn fragend an, Schubal beginnt die Teller abzuräumen und die restlichen Toasts mit einer Frischhaltefolie abzudecken, er wird so emsig, als sei das hier ein neues Heim für ihn, vielleicht auch eine Flucht aus den Ereignissen, den eingebildeten, den vertanen und den tatsächlichen, ganz sicher sogar, wer sauber macht, hinterlässt zumindest äußerlich Ordnung, deswegen haben Junkies auch immer frisch gewaschene Haare, innerlich verwüstet, außen proper, oben zumindest, auf dem Kopf.

– Ich pack das einfach alles nicht mehr, gestern kannten wir uns noch alle gar nicht, dann die Nacht, also zuerst der Abend mit Blüm und so, und ich weiß nicht.

– Was?

– Du und ich, also mir bedeutet das *nicht* nichts, wie dir, du kannst gleich wieder zum nächsten Programmpunkt übergehen, du überschminkst dir einfach die Lippen, und nicht nur die.

– *Was* bedeutet dir denn etwas? Der Abend?

– Lass uns abhauen.

– Du und ich, warum? Und er (sie deutet mit den Kopf auf Schubal) bleibt hier? Und nimmt der Zimbabwerin den Job weg?

– Das ist doch egal, komm, pack deine Sachen, du brauchst dich jetzt nicht zu schminken, zum Abschied schminkt man sich nicht.

– Ich will jetzt aber nicht weg.

– Dass wir geschmust haben, gestern, ich weiß nicht, war das für dich nur Smalltalk mit anderen Mitteln, Small-Talk für Fortgeschrittene, oder was, also für mich nicht, Küsse können wehtun, sehr sogar, wenn sie nicht dem Zweck dienen.

– Aber welchem Zweck?

– Dem heiligen.

– Außerdem, wir haben doch gar nicht geschmust.

Schubal wird hellhörig, er fängt an zu zittern, eine kleine Untertasse rutscht ihm aus den schaumigen Spülhandschuhhänden, den hellgrünen.

– Doch, in der Schlange vorm Klo haben wir uns geküsst, drinnen hatte einer tubaartige Flatulenzen.

– Das ist Unsinn, das hast du geträumt.

– Ich hab ganz was anderes geträumt.

– Was denn, dass Ramses schwul ist?

– Nein, von meiner Murmel.

– Von deiner WAS? Spinnst du? Ich bin doch keine Murmel.

– Ich hab ja auch nicht von *dir* geträumt und dich auch nicht durch eine Murmel ersetzt, hab ich doch gar nicht gesagt.

Schubal sammelt die Untertassensplitter zusammen, damit sich niemand verletzt.

– Warum träumst du denn von einer Murmel, ist das Ramses' Murmel, wolltest du sie ihm wegnehmen, das Weltwissen, die geheiligte Murmel? Geht's dir nicht gut?

– NEIN, MIR GEHT'S GUT, MIR GEHT'S SOGAR SEHR GUT!

Armin schreit, sein Gesicht reißt auf, er will hier raus, Ramses würde ihn gefangen halten, er deutet auf seinen unbestrumpften Fuß.

– Fußfessel, negative.

Er reißt die Frischhaltefolie vom Toastteller, wickelt sie um den Fuß, reißt mehrere Küchenschränke auf, findet eine Schachtel Corn-Frosties, schlüpft mit dem Fuß rein, es knirscht, er reißt sich das Hemd auf, wie einer, der den

Blitzen bei Gewitter trotzt, die Knöpfe springen durch die Küche, er nimmt den vor Lydia auf dem Tisch liegenden Lippenstift, schminkt sich die Lippen und beschreibt sich ungelenk die Brust, man kann es nicht sofort lesen, er brüllt NIE WIEDER ANTIFASCHISMUS, Lydia kreischt ebenfalls, er solle aufhören, schreit Schubal an, er soll endlich was tun, der sieht seine Chance, die doppelte Entmannung zu reparieren, haut dem tobenden Armin eine runter, eine Ohrfeige, die ziemlich schnalzt, Armin klettert auf den Tisch und versucht die Küchenlampe zu erreichen, immer wieder kräht er: »Yañez, Yañez«, es klingt wie ein japanischer Harakirischlachtruf, er will sich aus dem geschlossenen Fenster schwingen, aus dem 4. Stock, das wäre sein sicherer Tod, vorher von Scherben zerschnitten, sie wollen ihn fertigmachen wie Polanski in *Der Mieter*, immer wieder landet er auf dem Tisch, nimmt erneut Anlauf und schwingt gen Fenster, bis Schlingensief und Stuckrad-Ramses in die Küche stürmen und Armin von der Lampe quasi abpflücken, die Lampe reißt, Armin knallt mit dem Hinterkopf, klonk, auf den blau-weiß gekachelten Boden, er tritt weg, liegt da, roter Kopf, Lippen geschminkt, inmitten zerquetschter Beeren und Frühstücksflocken, wie ein Gemälde, Pointilismus heißt die Richtung wohl, ist hier aber kein Trost jetzt, Lydia schluchzt leise, Schlingensief hält ein Messer an Armins Nase, es beschlägt, er lebt. Schubal steht in der Ecke und zittert und reibt sich die Hand, er hat sich bei der Ohrfeige wehgetan. Ramses scheint sich zuerst zu fangen:

– Mann, Mann.

Während Schlingensief so was Ähnliches wie eine Mund-zu-Mund-Beatmung am immer noch reglos auf dem Boden liegenden Armin vornimmt, wodurch auch er sich die sogenannte Mundpartie wie ein trauriger Clown verschmiert.

– Stabile Seitenlage, sonst erstickt er an seinem eigenen Erbrochenen, hat er was gegessen, was hat er gegessen?

Schlingensief schaut fragend in die Runde, Schubal deutet mit der schmerzenden Hand, die immer noch im tropfenden, hellgrünen Spülhandschuh steckt, auf die Toasts, alle werkeln an Armin herum, drehen und wenden ihn, keiner weiß offenbar, wie die stabile Seitenlage geht, Armin kommt zu sich, hebt den Kopf, befühlt ihn, kein Blut, aber da wird wohl eine Beule wachsen, er lächelt.

– Hey Freaks, na, wie geht's?

Lydia lacht, ein paar Resttränen kullern ihr die Wange runter und werden zu Erleichterungstränen und bleiben am Kinn hängen, alle lachen, erleichtert sitzen sie am Tisch, Schlingensief und Armin mit den verschmierten Mündern, eine Art Kindergeburtstag, erhitzte, rote Bäckchen, zu viel Torte, Tränen, Enttäuschung wegen falscher Geschenke, Schminke, Ausgelassenheit, es scheint, als hätte Armin durch den Sturz zumindest seine tarzanartige Eskapade wieder vergessen. So ist es aber nicht, er weiß, er vermutet, dass sie das jetzt glauben, es soll eine neue Chance für ihn sein, ein abermaliger Neubeginn, er stellt sich jetzt einfach mal ganz doof, er weiß von gar nichts, er hatte vorhin an der Lampe schon ganz Recht, er hat Armin ermordet, so viele Versuche hat es schon gegeben, aber nichts hat geklappt, immer hat ihn die junge Vergangenheit eingeholt, jetzt muss der Holzhammer her, Amnesie, herrliches Wort, sollen die anderen sehen, wo sie bleiben, er kann jetzt lachen, pah, Neruda, was für ein Scheiß, wie gut, dass er das blöde Buch losgeworden ist, es ist ihm immer schwergefallen, d. h., es ist ihm noch nie gelungen, ein Buch wegzuschmeißen, das macht man nicht, das gehört sich nicht, und jetzt hat er mit dem Neruda so lange gewartet, hatte gehofft, dass es sich in der Tasche auflöst, in die Tasche hineinwächst oder total zerfleddert, dass es nicht mehr als Buch erkennbar ist, dann hätte man es mit Berechtigung wegschmeißen können, kann man buchstäblich nicht mehr lesen, *Ich bekenne, ich habe gelebt*, aber jetzt hat es Schlingensief wieder (?), wie und warum, das ist ja jetzt vollkommen einerlei, das verdrängt man jetzt erst mal, irgendwann wird sich das vielleicht mal klären, aber jetzt weiß er ja von nichts, mal sehn, wie es jetzt weitergeht, die Geschichte von hinten aufrollen, jetzt Punkte sammeln, er grinst, vielleicht ein bisschen zu debil, mal einen Gang runterfahren, muss man ja nicht übertreiben, mal zu Hause dann nachsehen, ob man durch eine Gehirnerschütterung sein Gedächtnis verlieren kann, oder Teile davon, und wenn, wie viele, jüngere, ältere, wichtige, unwichtige, unterbewusste? Schubal, der Idiot, hat ihn zumindest durch die Ohrfeige aufgeweckt, aber jetzt denkt er, er, Armin, kenne ihn nicht, ihn mal angrinsen, ha, er schaut zu Boden, der verklemmte Listenaffe. Aber er hat DOCH mit Lydia geschmust, sie hat das nur vergessen, oder will es nur vergessen, weil sie auf Ramses steht oder so was, oder Lesbe ist, und er hat sie umgedreht, und das kann sie nicht akzeptieren, Lesben mögen es nicht, wenn man sie »umdreht« oder das versucht, aber sie sieht nicht aus wie eine Lesbe, hat bessere Lippen, Lesben haben unbehaglich verkniffene Lippen, säuerliche Münder, wie Drahtspangen, die verzogen sind, als sei ihnen ein Leid angetan worden und als zwänge man sie zum Lächeln, eine Grimasse der tiefsten Enttäuschung, er kennt zwar keine Lesbe, aber allein das Wort ist schon so, eben so wie diese Drahtklammer des Verzichts.

– Und jetzt? Was machen wir jetzt?

Armin scheint »gut drauf« zu sein, ein Sturz wie eine kalte Dusche, er schaut Stuckrad-Barre an.

– Dich kenne ich.

Jetzt will er seine neue Rolle testen, seinen neuen Vorsprung, der eigentlich ein Rückschritt ist, *Zurück in die Zukunft*, Teil 3, nein, Vorwärts in die Vergangenheit.

– Sicher kennen wir uns.

Barre lacht, alle lachen, Barre ist sich nicht sicher, was weiß Armin, hat er was vergessen, spielt er nur? Wie redet er ihn jetzt an? Wer glaubt er, wer er ist?

– Du bist, du bist …

Plötzlich alle sehr still, angespannt, was kommt jetzt, Armin, eine schauspielerische Glanzleistung, naive Mimik: Du wohnst hier, nicht?

Okay, wenn er *das* weiß, dann muss er auch den Ramses-Rest kennen, Stuckrad grübelt, andererseits kam seine Frage zögerlich, zweifelnd, er scheint doch etwas abbekommen zu haben, außerdem, wer sollte sonst hier wohnen? Schubal, weil er auch abwäscht? Aber der sieht zu arglos aus, zu schüchtern für diese Wohnung, Sade *Smooth Operator*, das DIN-A1-Plakat, die Lippen so groß wie ein Sofa, das ist kosmopolitisch, Schubal ist Kleinstadt, Lüdenscheid vielleicht, irgendwas mit Ü, Lüneburg, so was, schade, dass Ulm kein Ü hat.

– Du heißt Romanthony?

Das ist jetzt Schubal, der Fuchs, er will ihn prüfen, er spricht ihn an, was soll das? Das bringt Armin vollkommen aus dem Konzept, Barre ebenfalls, Schlingensief, der sich in der Messerklinge betrachtet hat, so, wie Frauen ihr Make-up überprüfen, nichts anderes macht er hier, lässt das Messer fallen und springt auf, auch erträgt er den Erkennungstest hier nicht, der sich gerade zu vergaloppieren scheint. Wie weit sollen die Rollenspiele denn noch gehen, wer foppt hier wen? Was für eine Scharade!

– Ich muss mir mal den Schnabel waschen, ich seh ja aus wie der eine Japaner in dem einen Film von Jim Jarmusch, *Mystery Train* oder so, wie hier, der reinste Mystenzug nach Nirgendwo.

Schlingensief, man merkt es, er flüchtet regelrecht, das ist jetzt zu viel, Ramses, Romanthony, Dietrich, er hält es nicht aus, konfliktscheu, klarer Fall, nichts Schlimmes, aber DAS hier soll Ben allein ausbaden.

– Romanthony, ja, das ist mein Name, als DJ, sonst Armin, aber dich kenne ich doch auch woher. Woher?

Geht Schubal direkt an, wie Erwin das tanzende Messer.

Er spielt die Amnesiekarte, und kommt sie an? Wird

sie gestochen, oder geht keiner mit? Er bleibt bei Armin, er will nicht, dass ihn jemand so anspricht, und er reagiert, obwohl er nicht reagieren dürfte, die alte Falle der Polizei.

– Mich? Woher? Von gestern doch, bei der Haußmann-Premiere.

Schubals Borderlineproblem, der Abspann, der Vorhang, die Listen, Ramses stutzt:

– Ihr wart gestern bei Haußmann, wie war Krömer, guter Hrundi?

Ramses kennt sich aus, Lydia kommt kaum noch mit, schaut verdattert, was ist ein »guter Hrundi«?

– Ja, war toll, Show haben wir nicht gesehen, waren nur auf der Feier, Romanthony, also Armin und ich.

Armin ist jetzt gezwungen, bestätigend zu nicken, er hat ja die totale Mattscheibe, angeblich, muss sie also jetzt spielen, du hast es dir ja so ausgesucht, das ist der Preis der Beule, du Idiot, er weiß nicht ganz genau, ob er sich jetzt in unsicheres oder ruhiges Fahrwasser manövriert, mal abwarten, er grinst schief, er weiß ja nichts, und dass er nichts weiß, lässt ihn sich überlegen fühlen, eine späte Genugtuung. Es klingelt.

– Das ist jetzt Aska, danke, dass (er sieht Schubal fragend an, kleine Pause, herrjeh, wieso kann er sich seinen Namen nicht merken?) du hier ein bisschen aufgeräumt hast, das mit der Lampe, da lass ich morgen den Elektriker ran, vielleicht sollten wir jetzt dann mal unsere kleine Party auflösen, was?

Schlingensief hört das Klingeln im Klo, schließt die Tür hektisch ab, will sich jetzt ungestört abschminken dürfen, er reißt sich von der Klopapierrolle Stücke ab, um sich das Gesicht zu säubern, dabei fällt sein Blick in die Muschel, was für eine Sauerei, in der Schüssel liegt eine riesige Kotwurst, welches Schwein kann da nicht spülen, wollte sich hier jemand *sozial abkühlen*, sozusagen sein Mütchen kühlen, soll das eine Art Rache sein, an Stucki, ein Einbrecherhaufen, entschärfte Version, Einbrecher scheißen gerne in Wohnungen, die sie gerade ausgeräumt haben, aber auf kostbare Teppiche oder in die Betten, so als Art Visitenkarte, Schlingensief drückt den Spülknopf, es tut sich nichts, auch das noch, im Wasserreservoir ist etwas kaputt, Schwimmer wahrscheinlich, es ist immer der Schwimmer, er hebt den schweren Porzellandeckel, BITTE, jetzt nicht *das* auch noch! Der Deckel rutscht ihm natürlich aus den Händen, die voll schmierigem Lippenstift sind, er zerbricht in zwei Teile, ja, ist das die Rache an *seinem* zerbrochenen Klo? Draußen klopft es.

– Christoph, wir gehen dann, Aska kommt jetzt, die braucht hier freie Bahn, kommst du?

Im Flur haben sich die Gäste versammelt, alle angezogen, Armin hat sich notdürftig repariert, die Schminke bleibt, ist ihm wohl egal, die Frischhaltefolie ersetzt den fehlenden Socken, Armin und Schubal schlüpfen in ihre Schuhe, Schubal muss sich auf den Boden setzen, um seine Schuhe zuzubinden, die Tür ist angelehnt, es klopft, die Tür wird sachte aufgeschoben, es ist Leander Haußmann. Armin stöhnt leise auf, Lydia kennt ihn nicht, Schubal, wie immer, irritiert, er kann nicht blasser werden, als er es schon ist, Stuckrad: Ach, das ist jetzt aber mal …

– Was? Eine Überraschung? Wer sind denn die Leute hier? Schauspieler, oder was? Castest du für mich schon?

Er deutet auf den verschmierten, grinsenden Armin, der sich freut, denn jetzt muss Schubal die Hosen runterlassen, der Günstling des Mondes, das kann ja jetzt interessant werden, Norbert Blüm, die Roche und die anderen Gäste von gestern kommen dann ja sicher auch noch gleich, dann kann man die Party von gestern hier mit derselben Belegschaft nachstellen, Parallelgesellschaft, Zeitschleife, Möbiusband oder wie das heißt, das, was gestern aus dem Ruder lief, hier korrigieren, Haußmann inszeniert, dann kann man ja auch den Kuss nachstellen, vorm Klo mit Lydia, dann wird sie sich schon noch erinnern, und das Klo kann man dann auch gleich zertrümmern, Methode geteiltes Leid ist halbes Leid, und dann wird er eben nicht mit Ramses ins Bett gehen, sondern nach Hause, und dann wäre er endlich FREI! Vielleicht könnte man dann auch, das wird er vorschlagen, eine Murmel als Requisit einbauen, die würde er dann einfach einstecken, wenn sie nicht mehr gebraucht wird, und dann hätte er hier seine Schuldigkeit getan, Lydia noch seine E-Mail-Adresse zustecken, ein Abschiedskuss, diesmal auf die Wange, dann wäre er der Sieger, weil sie von ihm einen auf den Mund erwarten würde, Augen schon geschlossen, Mund gespitzt, aber gibt nur Wange, Kleine, und dann ab durch die Mitte. Durch die Mitte von Mitte, wie viele faule Mittewitze dieser blöde Stadtteil wohl schon ertragen musste.

Schlingensief und Haußmann, kennen die sich? Sind sie Konkurrenten? Schlingensief ist verdächtig lange schon auf dem Klo, vielleicht versteckt er sich, vielleicht mag er Haußmann nicht, Haußmann mit ß, wie albern, was jetzt?

Also, wenn die Putzfrau klingelt, dann müssen sie alle gehen, schade, kann man nichts mehr nachstellen, der Zufall, das ist die Schnittmenge zweier Notwendigkeiten, hat wohl mal Honecker gesagt, oder hat man ihm in den Mund gelegt, aber hier passt es, für ihn, Armin, zumindest, jetzt steckt mal Schubal in der Scheiße, für den besteht diese Schnittmenge aber aus zwei Prüfungen oder Verhören, na, mein Freund, wie kommst du aus der Haußmannparty wieder raus?

– Ich weiß nicht, Leander, wir wollten gerade gehen, was machst du hier, brauchst du was, hättest doch anrufen können.

– Ich hab meinen Schlüssel und mein Handy verbummelt, ich war noch bei (er verdreht die Augen), bei, du weißt schon wem.

– Nee, weiß ich nicht, Sarah?

– Welche meinst du? Kirschkern? Wagenheber? Bist du irre, seh ich so aus, nein, egal …

Haußmann blickt sich unruhig in der ihn anstarrenden Runde um, ihm ist unwohl, hier allzu viel Privates preiszugeben.

– Komm mal in die Küche, kommt alle, wir können ja, bevor Aska kommt, noch einen Espresso oder so was, ach nein, die Maschine ist ja im Arsch, vielleicht, ist ja eh schon fortgeschritten der Tag, was Aufmunterndes, hab allerdings nur Lambrusco.

Alle folgen ihm in die Küche, Haußmann stutzt, wegen der aus der Decke gerissenen Lampe und des mit Beeren, Putz und Frosties versauten Bodens.

– Alle?

Schweigen. Stuckrad interpretiert das als Zustimmung und holt Gläser aus dem Schrank, gießt allen ein, der Wein ist warm, der Kühlschrank arbeitet wohl nicht mehr recht, hier scheint alles irgendwie defekt. Schlingensief im Bad hat Haußmann draußen gehört, sein quäkender Kasernenhofton, sächselnd, wird immer panischer, der zersprungene Spülkastendeckel, die Wurst, es liegt nicht am Schwimmer, es rinnt überhaupt kein Wasser mehr in den Kasten, jemand hat den Haupthahn wohl abgedreht, aber wie kann dann der eine da in der Küche überhaupt abwaschen? Hat er sich das Spülwasser selbst mitgebracht? Er öffnet den Alibert, um *was* zu finden? Das weiß er nicht, dass da vielleicht eine Lösung drin ist, eine Instruktion, wie verhalten im Brandfall, so was wie im Flugzeug, dieser Zettel da in der Vordersitztasche, letzte Hoffnung der Todgeweihten, er will Haußmann auf keinen Fall treffen, das braucht er jetzt nicht, und dann auch noch mit Bens Cast, *seinen* Zwergen und Mongos. Aber in Toilettenschränkchen zu sehen ist immer interessant, das ist ein intimer Bereich, wie Einkaufswagen im Supermarkt, da kann man immer schöne Sozialstudien machen. Hier jetzt: interessanter Inhalt, neben einer Sprühdose Fußfungizid eine große Packung Prostagutt, er muss die Packungsbeilage lesen, warum dieser bescheuerte Name, das hat ihn schon immer interessiert, so wie Ausländer sprechen, oder wenn

Deutsche Ausländer nachmachen, vielleicht steht was drin, vielleicht könnte man mal Gebrauchsanweisungen und Packungsbeilagen inszenieren oder so was, Ballett vielleicht, eine Videorekorderprogrammierung tanzen, mit Spastikern?

»Prostagutt® *forte* ist ein pflanzliches Qualitätspräparat aus den Extrakten von Sägepalmen-Früchten (Sabal) und Brennnessel-Wurzeln (Urtica). Es wird angewendet gegen Beschwerden beim Wasserlassen und häufigen Harndrang. Fast jeder zweite Mann über 50 (Stucki ist doch noch gar nicht so alt) leidet unter den Folgen einer gutartigen Prostatavergrößerung (medizinisch Benigne Prostata-Hyperplasie, kurz BPH), im Volksmund auch als ›Altersprostata‹ bekannt.

* ist pflanzlich und gut verträglich
* vermindert effektiv den Harndrang – Tag und Nacht
* verbessert eine erschwerte Blasenentleerung
* vermindert die restliche Harnmenge in der Blase
* erhöht die Harnmenge pro Blasenentleerung
* stärkt den Harnstrahl«

Aha, vermindert den Harndrang, erhöht aber die Harnmenge (wie? womit? wo kommt die Flüssigkeit her? ist die in der Pille komprimiert gebunkert?), Beschwerden beim Wasserlassen (also Blockade) und bei häufigem Harndrang (also Dauerrinnsal), das sind doch alles Widersprüche, was wollen die, Männer kirre machen, mit dem Stammelnamen? Sägepalme und Brennnessel, ausgerechnet! Neben der Pisspille eine Flasche Chloroform, Mann, wieso hat er *das* denn? Und das bringt ihn auf die Idee, er könnte sich selbst betäuben, dann würden sie ihn finden, er könnte den kaputten Spülkastendeckel einem Einbrecher in die Schuhe schieben, der Einbrecherhaufen hätte auch seine Erklärung, nur warum steigt hier einer ins Klo ein? Aus der Küche kommt jetzt Reggaemusik, die Lage scheint sich dort wohl zu entspannen, vielleicht kreist ja bereits der dicke Joint, er denkt fieberhaft nach, erst mal das Klofenster einschlagen, sie hören das nicht, da ist der Dieb eingestiegen, er sucht in seinen Taschen nach Wertvollem, da, seine Geldbörse, die schmeiß ich aus dem Fenster, 160 Euro und die ganzen Karten, kann man ja nachher unten wieder einsammeln, unten ist der Hinterhof, da wird ja keiner sein, sieht verwaist aus, da spielen keine Kinder und im November hängt keiner Wäsche auf oder klopft den Teppich, nur eine zähe Zwergbirke, unbelaubt, vielleicht schon tot, er wirft sein Portemonnaie runter, scheiße, wie finden sie mich? Langsam denken, nicht immer so hektisch, Christoph, du stehst dir selbst im Weg, vielleicht noch Hosen runter, dass es wie eine Vergewaltigung aussieht, ich muss die Tür leicht aufmachen, dann, bevor ich mich wegbeame, ganz laut schreien, vielleicht können die mich trotz *Could You Be Loved* hören, warte, da gibt's eine leise Instrumentalstelle, in die schreie ich rein, und dann das Chloroform auf Klopapier geträufelt unter die Nase, halt, vorher noch Hosentaschen umstülpen, dass es auch nach Raub aussieht, Hosen runter, Tür leise auf, Chloroformklopapier, die Musikstelle, JETZT, schreien, er sackt zusammen, immer noch mit verschmiertem Mund liegt er da, clownesk verbogen.

In der Küche, alle lachen, keiner hat Schlingensiefs Schrei gehört, der Lambrusco hat wohl die Ohren belegt, wie Alkohol generell alle Sinne trübt, Ramses-Barre hat seinen neuen »Freunden« Haußmann vorgestellt, der aber noch nicht ahnt, dass sie die Darsteller, die Spielfiguren des bei Stuckrad bestellten Stücks sind, Schubal kann sich aus der gestrigen Premierenfeier einigermaßen herauswinden, behauptet, Haußmann wäre noch gar nicht anwesend gewesen, als er, Schubal, bereits gehen musste, die Katze einer Freundin füttern (»Warum gibt es eigentlich kein Katzenfutter mit Käsegeschmack?«, allgemeine Heiterkeit, weil er den »Witz« falsch erzählt hat), Armin darf nichts sagen, er erinnert sich ja an nichts, seine Zeugenschaft, wie sich Schubal um Kopf und Kragen redet, hat er sich ja nun selbst verbaut, ach egal, nicht egal ist ihm allerdings, wie Lydia den eleganten Haußmann anschmachtet, ihre Züge sind entspannt, sie leckt oft ihre Lippen, ein kleines Lächeln weht ihren Mund an, dann und wann, Haußmann kennt sogar Kafkas Schubal, die Figur aus dem Roman *Amerika*, das ehrt »unseren« Schubal, er fühlt sich jetzt erstmalig seit langer Zeit wohl, wahrgenommen und respektiert, was auch nicht dadurch gemindert wird, dass Haußmann Schubals Geschichte korrigiert, dass der Heizer nämlich namenlos ist, Schubal aber dessen Vorgesetzter, er ist Obermaschinist auf dem deutschen Schiff und dazu Rumäne. Der Heizer behauptet, dass er vom Rumänen ausgenutzt wird, dass der seine Arbeit nicht zu würdigen weiß und ihn am liebsten los sein würde, aber man weiß nicht ganz genau, ob das der Realität entspricht, später verteidigt sich Schubal beim Kapitän, allerdings viel überzeugender als der Heizer mit seinen haltlosen Vorwürfen. Es ist abzusehen (obwohl es nicht erwähnt wird), dass er in diesem Konflikt Recht bekommt und auf den Heizer Konsequenzen für seinen unangemessenen Auftritt warten, wahrscheinlich entlassen oder degradiert oder so was. Haußmann kennt seinen Kafka offenbar sehr gut, Schubal muss noch mal umdenken, und so gesehen, also jetzt mit der Interpretation Haußmanns, fühlt er sich sogar noch wohler, wie gut, dass er z. B. nicht Heizer heißt, so ist er im Recht, wenn auch nur in der Literatur, aber das färbt ja auch ab, man hat ja auch eine Verpflichtung, dem Namen keine Schande zu machen, *diene dem Namen, denn er ist dir nur geliehen*, eines der wenigen Dinge, die ihm die Mutter noch mit auf den Weg gab, nicht aber, wie man einen Camembert isst. Ein Rumäne ist er also, ein interessantes Land mit einer »wechselvollen Geschichte«, die Karpaten, oder sind es die Dardanellen, Rübezahl, das Donaudelta, Mastgänse, Securitate, Bukarest, Paris des Ostens, auch wenn es viel zu viele Parise gibt, Stockholm, Paris des Nordens, ach nein, das ist ja ein Venedig. Stuckrad erhebt sich schwerfällig, so, als würde er eine Rede halten wollen, er ist auch bemerkenswert still in letzter Zeit.

– Ich muss mal kurz …

Ihm ist bewusst, dass sich Schlingensief die ganze Zeit in seinem Bad versteckt hält, der wird Haußmanns sächselndes Schnarren gehört haben, er will keine Konfrontation, vielleicht kann er Schlingensief hier irgendwie rauslotsen, während Leander die Leute in der Küche unterhält, über *Soloalbum*, wo er eine kleine Rolle hatte, in der Verfilmung, als IM Notar, so haben sie sich kennengelernt (sie? wer ist der andere?), sein neuer Film, den er gerade vorbereitet, basiert auf einem Gedicht von Pablo Neruda, Armin wird kurz aufmerksam, sackt aber gleich wieder zusammen, ihn kann nichts mehr irritieren hier, davor aber noch ein Theaterstück, also nach dem *Partyschreck*, eins, das er bei Ben in Auftrag gegeben hat (wieso Ben?), aha, Haußmann ist offenbar auch einer von den Barreleuten, die anderen als Ramsesianer fühlen sich geringfügig privilegiert, wenn du wüsstest, er redet und redet, Lydia ist schon beim dritten Glas, sie glüht, der Kopf scheint ihr schwer, sie legt ihn immer seitlich auf die Schulter, zieht an ihren Haaren, so, als wolle sie ihn wie den einer Marionette aufrichten, Armin fühlt sich allein gelassen, die Küchenlampe hat ausgeglüht, er hat die Verbindung gekappt, das Loch in der Decke, da gehört er hin, nichts lieber wäre er jetzt als Putz, der Putz an der Decke, wie Clever & Smart, der eine ist Formwandler, ein Wechselbalg, kann blitzschnell jede Gestalt annehmen, jede Form, aber ist das jetzt Clever oder Smart, was ist clever, was ist smart? Ist Mimikry clever oder smart?

Stuckrad sieht die halb geöffnete Klotür, aha, ist er schon gegangen, er betritt das Klo, Schlingensief ist gerade wieder aufgewacht.

– Was ist denn HIER los? Musstest du und bist dann vom Klo gekippt wie vom bockenden Ross?

– Nein, ja.

Neue Taktik, erklärt alles, Kot, Spülkasten, runtergelassene Hose.

– Und wieso ist das Fenster kaputt? Und was machst du mit meinem Chloroform? Hast du daran geschnüffelt, warum denn? Das ist gefährlich, Christoph.

– Hab nur erst den Beipackzettel gelesen, brauch immer was zum Lesen beim Scheißen, und dann wollte ich mal dran schnuppern, wie so was riecht, Mann, und dann kipp ich eben vom Lokus, tut mir leid, und das Fenster, da ist eine Taube gegen geflogen.

– Ja, spül erst mal, das stinkt ja zum Himmel hier, ich kehr gleich die Scherben zusammen, Ton, Tauben, Scherben, haha.

Stuckrad kommt wieder in die Küche, unter der Spüle ist Handfeger und Kehrschaufel.

– Kleines Malheur, nichts weiter, bitte weitermachen, danke schön.

Haußmann erzählt jetzt von Adolf Hitler, der wollte die Krim umbenennen in Neu-Gotland und Sewastopol in Roderichshafen, um die Stadt einzunehmen, fuhr die deutsche Armee die mächtigste Waffe bis dahin auf. Die Kanone Dora. Nach fünfzehn Sieben-Tonnen-Granaten war das Rohr unbrauchbar. Alle fünfzehn Granaten verfehlten das Ziel. Gorbatschow ließ alle Weinberge der Krim abholzen wegen des Volksschädlings Alkoholismus, deswegen ist er auf der Krim sehr unbeliebt, Haußmann kommt vom Hundertsten ins Tausendste, versteht es aber, seine Zuhörer einzulullen und bei der Stange zu halten, diese hier zumindest, Lydia gar zu hypnotisieren, sie würde ihn gerne kämmen, seine Haare sind so zaus, denkt sie, Adolf Hitler findet sie ekelhaft.

Stuckrad kehrt die Scherben zusammen; während er Schaufel und Besen holt, hat Schlingensief die sehr kompakte Wurst mit der Klobürste zerteilt, er schiebt dann die Teile von der sogenannten Treppe in den sogenannten Siphon, noch bisschen nachstopfen und umrühren, dann sollte sich das mit dem Geruch legen.

Zumindest hat die ganze verfluchte Aktion einen einzigen, winzigen Nutzen, dass er sich vornimmt, ENDLICH mal seine verfluchte Klorollensammlung wegzuwerfen, es muss sein, man muss loslassen können, er ist ein Sammler, von allem möglichen, aber inzwischen sammelt er ja nur noch Sammlungen, die Sammlung, die komplette, an sich ist das Objekt, und mit den Klorollen wird er im Leben nicht fertig werden, wie beispielsweise die Volleyballerbildchen und die Zuckertütchen von den Malediven, vielleicht kann er die Rollen bei ebay loswerden, natürlich als Benutzername Schlingensief, mit Maier oder Müller wird man alte Klorollen nicht los, was bei Duchamp das Urinal war, ist bei ihm die Klorolle, sein Readymade. Aber jetzt erst mal hier raus, ohne von Haußmann gesehen zu werden. Außerdem hat er gewaltige Kopfschmerzen vom Chloroform.

– Ben, ich muss hier weg, kannst du diesen Leuten da in der Küche irgendwie verklickern, dass ich nie hier war, ich will nicht, dass Haußmann weiß, dass ich hier war und die Typen kenne.

– Schon in Ordnung, mach ich, kein Problem, ich muss die Typen von Leander isolieren und *briefen.*

Er hat nicht den leisesten Schimmer, wie das gehen soll, aber bisher ist ja alles hier gegangen.

– Weiß er auch von deinem perfiden Ramsesspiel?

– Nein, eben nicht, der darf das nicht wissen, weil, sonst ist ja die Überraschung flöten, du erzählst doch auch nicht ein Märchen von hinten.

– Wie, von hinten?

– Na, zuerst, dass Gretel die Hexe in den Ofen stößt, und dann erst, wie sie mit Hänsel in den Wald kommt, mit den Kieselsteinen.

– Versteh ich jetzt nicht, was hat das mit deinem Stück zu tun, er kann doch wissen, wie das Stück ausgeht, es geht ja nur um die Inszenierung, oder ist er auch Teil des Spiels?

– Genau, jetzt hast du's erfasst.

– Hey, super, jetzt verstehe ich erst, na, dann, okay, so ist das natürlich in Ordnung, das seh ich mir an.

– Genau, meine echten Zwerge und mein echter Leander, er weiß nicht, was er da inszeniert, und dass er jetzt in der Küche sitzt und seine Adolf-Anekdoten erzählt, das ist schon der Beginn des *work in progress*.

– Er inszeniert und ist gleichzeitig Spielfigur, ein Teil der Inszenierung, er inszeniert sich selbst, ohne es zu wissen, er ist gleichzeitig Hand und Puppe? Du Fuchs, das ist toll.

Stuckrad-Barre ist froh, dass er spontan, soweit es eben seine Verkaterung und das Chaos hier zulassen, alles so hinzudrehen in der Lage ist, dass er Schlingensief nicht nur besänftigen kann, sondern ihn auch noch in dem

Glauben lässt, Teil seiner Konspiration zu sein, genialer Rösselsprung, und das alles im demolierten Klo entwickelt, durch die Parallelität zu Schlingensiefs Klo bekommt das Ganze noch eine zusätzliche verschwörerische Note, schau, bei mir sieht's doch genauso aus, das ist wie ein Pakt, nur dass sie sich nicht die Arme aufritzen wie Winnetou und Old Shatterhand, sondern das Klo kaputt hauen, und beide Brüderschaften sind noch nicht mal *so* unverwandt (to shatter = zertrümmern).

– Trotzdem, ich muss jetzt irgendwie gehen, erzähl den Leuten irgendwas, erfinde was, denk dir was aus, aber lass es aussehen wie einen Unfall, haha.

– Wie Unfall? Dass du aus dem Klofenster gefallen bist? Wie der Typ vorhin in der Küche?

– Zum Bleistift, nein, egal, nur Haußmann muss nicht wissen, dass ich hier war, wie geht's denn dem, der da vorhin an der Lampe hing?

– Hat sich beruhigt, Leanders Art lullt ihn ein wie ein Schnuller.

Schnullleander, genau. Hab ich dir eigentlich erzählt, dass ich mir einen Totenkopf hab tätowieren lassen? Einen, der aussieht wie ein Kürbis.

– Nein, zeig's mir ein andermal, geh mal jetzt lieber, bitte, Aska kommt auch gleich, dann muss ich sowieso alle wegschicken, in Tranchen sozusagen, sie kann ja schlecht um die Leute herumputzen.

In der Küche erzählt jetzt Haußmann über Schicksalsgemeinschaften, erzwungene, im Juni 1973 hätte Karl Lagerfeld Marlene Dietrich mit Helmut Newton zusammengebracht, für Fotos für *Vogue*, sie schmiss ihn nach 30 Minuten raus, jetzt liegen beide auf dem gleichen Friedhof, für immer, keiner kann irgendwen mehr rausschmeißen, trotzdem wäre es toll, wenn das ginge, das ist die ganze Idee hinter den Zombies.

Schubals Gedanken schweifen wieder ab ins Klo, immer wieder ins Klo, warum? Vielleicht, weil es das kleinste, abschließbare Übel von dreien ist, neben der Nacht und der Ohrfeige? Noch nie hatte er einen Menschen geschlagen, und noch nie ist er geschlagen worden, es war so, als ob er sich selbst verprügelt hätte, es brennt ihm nicht nur die Hand, sondern auch die Backe, das ist Fakt, auch ein Phantomschmerz kann ordentlich zwiebeln, aber was war im Klo? Gemusst hatte er ja, aber hat er nun oder nicht geschissen? Er ist sich so sicher nicht mehr jetzt, war der Wunsch, *nicht* zu scheißen, also im Beisein Lydias, so mächtig, dass er darüber vollkommen vergessen hatte, dass er es dann doch machte, schiss, war er sozusagen betriebsblind geworden? Und wenn, hatte er gespült? Das Klopfen Lydias hatte ihn wohl so in Trance versetzt, dass er wie ein Zombie *irgendwas* gemacht hat, der Zombie, über den Haußmann gerade referiert, welcher normale Mensch wäscht denn in einer fremden Wohnung seine Socken, vielleicht hätte er auch sein Geld aus dem Fenster geschmissen, bei einem bestimmten Klopfcode Lydias. Er war zu ihrem Werkzeug geworden, sie ist hier die, die die Fäden zieht, das ist ihre Schönheit, sie macht sich, ob sie es nun will oder nicht, zum Dr. Frankenstein, am Ende ist sie sogar ihr eigener Zombie, geblendet von sich selbst, wie Narziss, der vollkommen verblüfft von seinem Antlitz in der Pfütze fasziniert ist. *Ich bin ein schöner Knabe, weine alle Tage, Jesus mein, ich bitt, lass mich sterben nit.* Oder betrachtet das Spiegelbild ihn? Was denkt es? »Ich trockne meine Socken auf dem Grabstein deiner Großmutter« vielleicht, denn auch sie waren in der Pfütze nass geworden.

Was war mit ihm und Haußmann? Haußmann erkennt ihn nicht mehr, saßen sie zusammen auf der Biller-Soirée, er musste das Armin erzählen, um ihn zu beruhigen, der war so aggressiv, der wollte doch so was hören, Leute wollen belogen werden, auch Biller glaubt, dass Esra ihn noch liebt, dass ihre Klage so eine Art Schrei nach Aufmerksamkeit ist, Verletzungsökonomie nennt man das wohl, zeig mir deine Wunden, und ich zeig dir meine, und über den Vergleich entdeckt man wieder das Gemeinsame, sicher kennt Haußmann Biller, und ganz sicher wird Biller diese Heulworkshops gemacht haben, und vielleicht war da ja wirklich jemand wie Schubal ebenfalls anwesend, auf Partys gibt's immer diese Gäste, *Ausländer des Daseins*, die, die niemand kennt, und das ist *immer* er, auch hier jetzt in der Küche, ob er nun hier sitzt oder nicht, ist einerlei, aus dem kollektiven Gedächtnis ist er zwar der, der am schnellsten verblasst, aber ohne den es auch nicht geht, und dass er so schnell verblasst, ist auch gut, es drängt ihn nicht ins Rampenlicht, sondern in dessen Gegenteil, ins Licht sollen die anderen, es reicht ihm die Rolle der dauerhaften Fußnote, Armin drängt's hinein, der leckt sich die Lippen nach solchen Situationen, deshalb hing der auch vorhin an der Lampe, *Ein Zombie hängt am Glockenseil*, na ja, jetzt gerade sieht er nicht so aus, als ob er die Situation genösse, jetzt hängt er irgendwie komisch in den Seilen, die Lippen schlecht geschminkt, das Hemd ohne Knöpfe, aber Schubal, der ist immer da, und ob jetzt bei Biller oder Müller (Ramses), und auch wenn er jetzt hier nicht sitzt, sitzt eben ein Stellvertreter von ihm hier, wir sind der Bodensatz, der Kitt, der Humus, auf dem die schönen, ehrgeizigen Blumen gedeihen, aber auch verdorren. Wir sind auf Probe hier, draußen auf Kaution, oder eher drinnen. Die, die man sieht, sieht man nur durch die, die man nicht sieht, einer muss das Licht anmachen, aber es gibt auch immer einen, der es ausmacht, allerdings, einfach die Lampe abreißen, so geht's natürlich nicht. Er muss nur irgendwie aufpassen, dass er sich nicht verliert, immer Herr der Lage bleiben, das Ziel vor Augen, dann kann nichts passieren, aber gerade das scheint jetzt hier nicht mehr zu funktionieren, er hatte wohl einen Moment nicht aufgepasst, und schon läuft ihm sein Schutzumschlag in eine fremde Richtung, er darf nicht zum Werkzeug Lydias werden, die offenbar selbst ihr eigenes Werkzeug ist, sie schickt sich auf die Reise ins Unbekannte und nimmt ihn mit, hinten auf dem Gepäckträger ihres hellblauen Fahrrads, »Adieu, mein Freund, ich fahre zum Ruhm, und du fährst mit, bleibst aber immer hinten sitzen«, und ihr Schal würde sich in den Speichen des Hinterrads verwickeln und sie und ihn strangulieren.

Es klingelt. Aber das ist jetzt wirklich Aska, Stuckrad schiebt Schlingensief stumm zur Tür, jetzt schnell raus, der nimmt die Gelegenheit wahr, sich im toten Winkel zur Küche aus dem Staub zu machen.

– Ich ruf dich an.

– Ja, wir sehn uns.

– Jetzt nicht mehr.

– Grüß Aska, wenn du sie siehst.

Warum soll er sie grüßen, wenn sie in einer Minute sowieso zu ihm kommt, aber auf seinem Weg nach unten, kommt ihm eine sehr alte Frau schnaubend entgegen, also Aska ist das schon mal nicht, so viel ist sicher, es ist Frau Armatage, die Hausmeisterin, es dauert noch ein bisschen, bis sie oben ist, Stuckrad steht in der Küche.

– So, Freunde, jetzt kommt die Putzfrau, gespült ist ja schon, danke, Schuband, nur der Fußboden, hm, vielleicht soll sie sich die Küche sparen, und ich mach das selbst, sonst denkt sie, ich will sie ärgern, mach alles kaputt und schmutzig, weil ich was sehen will für mein Geld, andererseits, wenn ich sie das nicht machen lasse, denkt sie, ich denke, sie ist zu dumm dafür, dieses ewige Kompetenzgerangel, egal, wir sollten jetzt mal aufbrechen, nicht?

Alle erheben sich erneut und schwerfällig, Schuband, diese dauernden Verwechslungen, das kann nur ein Spiel sein, denkt Schubal, Armin kann kaum noch denken, ihm ist alles einerlei, die Putzfrau ist jetzt seine Befreierin, sie schmiedet ihn jetzt hier los, Schubal denkt, er könnte jetzt endlich mal etwas sagen, ein Statement vor Zeugen, Haußmann auch, dass das so wie mit Montgomery Burns und Homer Simpson ist (»Smithers, wer ist dieser Mann?«), Homer platzt auch irgendwann mal der Kragen, und er schmiert alle Wände voll mit seinem Namen in dessen Villa, das kann doch kein Dauerzustand sein, allerdings, er will ja auch nicht, dass das Ganze hier zur Dauerveranstaltung wird, und vielleicht hat Ramses Alzheimer, das wäre dann eine Beleidigung, wenn er ihn dann auch noch kritisieren würde, also mal lieber weiter den Mund halten, mit mehreren Identitäten kann man Verantwortungen ja prima umverteilen.

Alle sind angezogen, Mantel, Schal und Mütze, warten an der Tür, dass Aska kommt, es ist aber Frau Armatage, sie geht Stuckrad direkt an, die anderen ignoriert sie.

– Sie, ich schicke doch meinen Hund immer in den Hof.

– Wenn er etwas ausgefressen hat? Nein, warum schicken Sie ihn in den Hof?

– Wenn er mal muss, aber nur klein, groß auf der Straße, natürlich.

– Natürlich.

– Und da denke ich, was macht er da so lange da draußen? Kaut auf einem Portemonnaie, kann ich ihm noch aus dem Maul reißen, das ist vielleicht ein Gerangel, er will das nicht hergeben, ist ja Leder, also ein Tier eigentlich, die ganzen schönen Visitenkarten (sie meint Kreditkarten) sind zerbissen, die hab ich gleich weggeschmissen, aber hier, das Geld konnte ich noch retten, 160 Euros, bisschen nass von seiner Spucke.

– Also, meins ist das nicht, ich schmeiß doch mein Geld nicht zum Fenster raus, so weit kommt's noch.

– Aber bei Ihnen ist doch das Klofenster zerbrochen, überall Scherben, das hab ich doch gesehen.

– Ja, da ist eine Taube gegen geflogen.

– Vielleicht haben Sie Ihr Portemonnaie auf die Fensterbank gelegt, und das ist dann rausgeweht? Mein Mann hat auch immer seine Sachen aus der Hose genommen, wenn er aufs Klo gegangen ist, einmal ist ihm nämlich sein Reisepass ins Klo gefallen, ein Zugklo war das, der Pass war dann weg.

– Das ist mein Geld.

Schubal fasst sich ein Herz, dann hat Lydia doch diese Macht, ihm durch ein bestimmtes Klopfen zu befehlen, sein Geld aus dem Fenster zu schmeißen, hat er sich das *doch* nicht eingebildet, er schaut sie an.

Sie denkt, das ist aber dreist, einfach so zu behaupten, das gehört ihm, das ist wie Geld auf der Straße finden und nicht abgeben, nur hier lässt er auch noch eine alte Frau für ihn das Geld hier hochtragen, die vier Stockwerke, eine Miesheit eigentlich, sondergleichen sozusagen.

Wie gut, dass ihre Nacht so halb nur verlaufen ist, wie sie eben verlaufen ist, dass sie sich von ihm nicht hat beschmutzen lassen, nur ihr Bett, er hat sich ja auch noch selbst befleckt, wie er sie angestarrt hat, angefasst mit kalten Fingern, wie ein Spiegelei aus der Pfanne gehoben, dass ja nichts reißt, alles schön am Platz bleibt, das Gelbe in der Mitte, Menschen sind nun mal nackt verwundbar, schutzlos, wir werden sozusagen mit Kleidern geboren, die Nacktheit muss man sich erst erarbeiten, alles von hinten aufrollen, da muss man die Augen schließen und durchmarschieren, deswegen ist es in den meisten Schlafzimmern ja auch zappenduster, und bei ihr scheint ja nun das McDonalds'-Schild, das große M, immer rein, M für Matriarchat wie sie immer sagt, so auch zu Schubal, vielleicht hat ihn das irritiert und er hat ihre Brüste deshalb als etwas anderes gesehen als das, was sie für sie vorgesehen hat, er aber hat die Mama gesehen, die Mutterbrust, vielleicht ist er zu lange gestillt worden, oder gar nicht, die kräftige Mutter, ich ruinier mir doch nicht das Dekolleté, meine Waffen, der Vater war nicht vorhanden, so klein, die Hosen hatte die Mutter an und hat auch das Geld heimgebracht, verächtlich gebündelt in den Taschen, der Vater war ein kleiner Schneider vielleicht, er hat zu Hause gearbeitet, lange geschlafen, immer erkältet, hustend, die Mutter leitete eine Sägespänefabrik, in Uelzen, das erzählte er, so knapp es ging, sie brachte das Geld und das Essen, die harten Äpfel (Boskoop), sie schmiss den französischen Weichkäse auf den Tisch, bellend: »Hier, esst!«, ihren »Männern« entgegen, wie soll man da eine Persönlichkeit entwickeln, zum Manne reife? Da lässt man sich von zwei Brüsten hypnotisieren, weil man sie ja in erster Linie als Nahrungsquelle sieht, wenn es bei ihr nun vollkommen dunkel gewesen wäre, dann hätte er sie anders *genommen*, nicht wie ein Ei, dann wäre Rücksicht entfallen und falsche Bescheidenheit oder was auch immer, was ihm da im Weg stand, feige ist, alles in totaler Finsternis zu erledigen, das ist Flucht vor der Verantwortung, ein Sich-Stehlen aus der Pflicht, so wie jetzt hier, man lässt sich von einer alten Frau Geld, das einem nicht gehört, in den vierten Stock nachtragen.

– Wieso ist das dein Geld, Schubalt?

Schubalt, okay, wie Kobaltbombe, Ramses scheint nicht vergesslich zu sein, sondern spielt gerne mit Wörtern, das macht ihm Spaß, ein Drechsler, das kann man akzeptieren, das ist keine bösartige Vergesslichkeit oder vorausgaloppierende Demenz angesichts eines nichts und niemand Darstellenden, der Mann, der nicht da war, die höfliche Schubaltbombe, die implodiert, keinen Schaden anrichtet, die gegen sich selbst gerichtet ist, nur, wie kommt er jetzt *hier* raus? Er kann sich nicht länger nach innen verkriechen, vielleicht kann er Lydias Voodoo-Fluch enttarnen, sie konfrontieren, ihn brechen.

– Hab's aus dem Fenster geschmissen.

– Du hast 160 Euro aus dem Fenster geschmissen?

Armin lacht hysterisch auf, was wegen seiner Lippenstiftspuren eine umso irrere Note bekommt, eine, die man von abnormen Anstaltsinsassen kennt oder vom Joker, also nicht die nützliche Spielkarte, sondern dem aus den Batman-Filmen, dem Fiesling.

– Warum? Und warum ausgerechnet aus dem Klofenster, wenn du dein Geld loswerden willst, warum nicht auf eine elegantere Art, spende es doch.

Lydias Chuzpe, ihre Kaltschnäuzigkeit verblüfften Schubal jetzt, wirklich erstaunlich, wie sie sich verstellen kann, wie sie ihr kesses Selbst unter der unheilvollen Maske der Voodoo-Priesterin zu verbergen imstande ist, sich absichtlich dumm stellt, wann zeigt sie sich, wann zieht sie sich aus?

– Wem?

– Wie, wem?

– Wem soll ich spenden, und was?

– Die Kohle, die du aus dem Fenster schmeißt, spende das Reporter ohne Grenzen oder Ärzte ohne Grenzen oder so, gibt doch genug Stellen, die gerne dein Geld nehmen.

– Warum aus dem Klofenster, Mann?

Haußmann ist aufgebracht oder tut zumindest so, auch ihn scheint die Missachtung, die Besudelung des Geldes zu irritieren, das, was für alle hier nicht nachvollziehbar ist, aber auch er scheint sich zu verstellen, er fummelt an seinem Genital herum, wo genau, ist nicht erkennbar, Hose blickdicht, sowieso, Lydia denkt, er kratzt sich den sogenannten Sack, er aber ist erregt, er stimuliert sich, kneift sich in die Eichel, wie es kleine Kinder tun, Araber und Rap-Sänger, dieser Sonderling, das interessiert ihn, er findet es nicht mal unmoralisch, das mit dem Geld, dieser Schubal stellt sich verschüchtert dar, wie ein geprügelter Hund, er kommt nicht gut zurecht mit seiner Umwelt, er kühlt alles runter, Runden, in die er vordringt, da erstirbt die Kommunikation, wird banal, bevor sie erdrosselt wird, deshalb hält der wohl die Klappe, hört nur zu, will sich nicht verplappern, wäscht z. B. ab, wie vorhin in der Küche, ehe etwas eskaliert, lenkt ab, deeskalisiert, Haußmann erinnert Schubal an *Der glückliche Prinz* von Oscar Wilde, der surreale Fatalismus eines Jünglings, der außerhalb jeder moralischen Verpflichtungen steht, im Schatten einer Lampe, in deren Kegel sich die Motten paaren, die Motten, die er selbst gezüchtet hat, in seinem Wams.

– Warum ich mein Geld aus dem Klofenster geschmissen habe?

Was soll er sagen, es gibt tausend Erklärungen, und es gibt gleichzeitig keine, es gibt eine einzige, wahre, das ist eine, die die Leute hier verunsichern wird, ist er mutig genug für die Wahrheit, sind sie es, ist Lydia es? Weiß sie, was sie getan hat, ihn verhext? Inwieweit ist sie sich ihrer Handlungen bewusst? Passiert das instinktiv, unbewusst, unterbewusst, vorsätzlich, mutwillig, zum eigenen Vorteil, dem der anderen, seinem, Schubals gar? Soll er warten, soll er reden, was wird er tun? Der heiße Brei? Die heiße Kartoffel?

– Ich heiße Schubal.

Alle lachen, der Mann hat wirklich einen Knall, Armin lacht am lautesten, meckernd, wohl auch, um von seinem eigenen Wahnsinn abzulenken, er verlacht grimassierend seine Gefangenschaft wie der Gaukler im Zirkus, die, die ihn zum Irren gemacht hat, wie so einer aus der Gurkentruppe Schlingensiefs, wo ist *der* eigentlich abgeblieben, war der nicht vorhin noch hier, oder hat er sich den nur eingebildet, der hat ihn doch vom Tisch gezogen, war es nicht so? Nur, sein Lachen ist beredt, jetzt ist er wieder im Zentrum, lenkt ab auf sich, ein Fingerzeig: Hier sitzt der eigentlich Wahnsinn, das Symbol der derzeitigen Situation, des grassierenden Kollers, Schubal ist nur wie ein Außerirdischer, jenseitig, aber arglos, er, Armin, unzurechnungsfähig, bösartig, ein Virus, vielleicht hat er Schubal dazu gebracht, das Geld aus dem Fenster zu schmeißen, hat er? Diese verfluchten Lücken, vielleicht gestern auf der Party, schmeiß dein Geld aus dem Fenster, mach dich interessant, bringe jemanden dazu, das Geld einzusammeln und es dir zu bringen, eine faszinierende Metapher, er ist erstaunt, dass Schubal das wirklich zustande bringt, wann hat er die alte Frau eingeweiht? Es gibt Leute, die machen sich interessant, indem sie sich selbst Briefe schicken, früher Telegramme, oder mit verstellter Stimme auf dem Anrufbeantworter Nachrichten hinterlassen, heute hat man mehrfache Identitäten im Internet, mit denen man arbeiten, aber auch streiten kann, Sockenpuppen heißen diese Popanze, Schubal baut sich ein System aus mehreren Bezugspersonen und Widersachern auf, eine kleine, schlagkräftige Truppe, das Abbild einer Gesellschaft im Kleinen, ein Soziotop, eine Mikroparallelgesellschaft in der Petrischale, er war lange auf dem Klo, hat sich die Socken gewaschen? Vielleicht eine Art Alibiveranstaltung. Hat er und nicht die Taube das Fenster kaputt gemacht, das Geld rausgeworfen und die alte Frau angerufen, sie möge es ihm wieder rauftragen?

– Und ich …

Aha, Schubals Vortrag geht weiter. Pause. Muss sich wohl sammeln.

– Das Geld ist nicht mein Geld, d. h., ist es schon, aber es ist mir anvertraut worden, etwas draus zu machen.

– Anlegen, oder was?

– Aber anlegen ist weggeben, das siehst du teilweise nie wieder, oder nur, wenn man Glück hat.

– Und aus dem Fenster schmeißen, das ist weniger weggeben? Und woanders verhungern die Kinder.

– Du weißt nicht, was Hunger ist.

Schubal stottert wie ein Vergaser, der Camembert kommt ihm hoch, er ist immer da, wenn es um Ernährung geht, lauert auf seinen Einsatz wie die Spinne, die sich Zeit nimmt für die Fliege, das ewige Thema, wer isst was wie und warum?

– Aufpassen muss man mit Hunger, man sollte ihn nicht mit Magergeiz verwechseln, vor allem nicht in unseren Breiten, in hochentwickelten Industrienationen.

Lydia macht der Hunger neugierig, hier ist ein Thema, das sie interessiert oder das sie zu kennen scheint.

– Magergeiz, was ist das? Hungern aus Geiz? Geizhafte Anorexie? Kennst du so was? Hab das noch nie gehört.

Und Haußmann interessiert, dass sich Lydia interessiert, überhaupt umkreisen sich hier zwei, die augenscheinlich Gefallen aneinander gefunden haben. Und alle anderen sind Zeugen, vor allem die alte Frau Armatage, da hört sie zu, auch wenn sie weniger als nichts versteht. Lydia ist froh, einen Neustart zu versuchen, das, was ihr da bis jetzt so angeboten wurde, wollte oder sollte nicht klappen, weder von den Themen her noch von den Männern, oder besser Jungs, Hunger, das ist etwas, wo sie sich auskennt, aber der universelle Hunger, nach Zuwendung, der häufig nur durch ein Defizit an Kommunikationsvermögen den Menschen verwehrt bleibt, Artikulationsmissverständnisse auch, wie soll man Kotze interpretieren, wenn man nur *dafür* den Mund aufmacht? Schade, dass sich Kotze nicht faxen lässt, und ein Samenerguss wäre beredter.

– Jetzt geben Sie ihm endlich sein Geld, Frau Armatage.

Ramses will hier ein Ende finden, damit er das Grüppchen nach Hause schicken kann, bevor die Putzkraft kommt, auch will er anfangen zu schreiben, es häufen sich die Ereignisse seit gestern, er muss sie sortieren und zusammenkleben, irgendwie, eine Chronologie reinbringen, dass jetzt Lydia mit Haußmann oder umgekehrt flirtet, ist ihm gerade recht, er hatte zwar nie geplant, Haußmann als Teil des Spiels zu sehen, zu benutzen, aber im Gespräch mit dem eifersüchtigen Schlingensief ist ihm diese Möglichkeit, als dritte Ebene, blitzschnell eingefallen, solche Notsituationen gebären oft die erstaunlichsten Lösungen, er hat jetzt eine neue Rolle für sein Stück, eben den Regisseur, mal sehn, wann und ob Leander sich erkennen wird, na, mal sehn, vielleicht lässt er ihn auch wieder fallen, nein, kann er nicht, hat er Christoph als Köder der Besänftigung hingeworfen, er könnte, um Schlingensief zu täuschen, Haußmann einweihen, dass der nur so tut, als sei er ahnungslos, in Wirklichkeit glaubt Schlingensief, der Mitwisser zu sein, und ist der Tor, das wäre eine Möglichkeit, fragt sich nur, wofür, was bringt ihn weiter, was dient ihm mehr? Haußmann ist ein sympathischer Knabe, er mag ihn, sein zerknautschtes Gesicht, das Bübische, einer, der Katzen den Schwanz anzündet, er entwickelt Dinge unkonventionell, das geht schnell, er macht das mit einer »entwaffnenden Charmeoffensive«, Schlingensief ja auch, charmiert die Wagnersippe, er ist halt ein Choleriker, aber der große, ungezogene Junge, ein Dickkopf mit

Darmverschluss, also, wen will man als Doppelagenten, als Vertrauten an seiner Seite haben? Er muss sich Listen machen, das Für und das Wider der beiden, er braucht Ruhe, endlich Ruhe, Aska, sie sollte bald kommen und ihn hier loslöten, er kann die Leute natürlich auch nicht einfach so wegschicken, wenn der Wegschickgrund nicht sichtbar ist, das Putzen. Selbst Frau Armatage steht da noch, mit den 160 Euro in der Hand, nass und weich von der Spucke des Hundes ist das Geld, wie Lappen, sie will sie nicht so einfach hergeben, wenn ihr nicht erklärt wird, warum das wer auch immer aus dem Toilettenfenster wirft, man schweift ab, wie üblich, alle haben Zeit, Frau Armatage am meisten offenbar, je älter, desto mehr Zeit, die alte Regel, Uhren sind nur noch Schmuck dann, und sie haben *doch* eine Bremse, sie reden alle ganz angeregt, Meinungen, Ansichten, Hunger, Magergeiz, warum ist Geiz geil, Matriarchat, McDonald's, Chicken McNuggets, Doppelwhopper, Knoppers, Guido Knopp, Stuckrad denkt, er muss denken, es klingelt, aber diesmal sein Handy, er rennt ins Schlafzimmer, findet das Telefon neben dem Bett. Hatte er in der Nacht noch telefoniert, gesimst? Es ist Schlingensief.

– Du, ich muss noch mal kurz bei dir vorbeikommen, geht das, weil, ich hab was vergessen.

Als er vor den Leuten, aus der Wohnung, aus dem Klo, vor seiner vollkommen irrsinnigen Chloroformaktion geflüchtet ist, vor sich selbst eigentlich, Scheibe eingeschlagen, was für eine dumme Aktion, Geld aus dem Fenster geschmissen, um aus der Wohnung zu kommen, sein Ausweg, der fingierte Überfall, am Ende hat ihn quasi die fiktive Kamikazetaube beraubt, was für ein Schwachsinn, alles zu viel, Chloroformkater, da hatte er natürlich das Geld im Hinterhof vergessen, da in dem verwaisten, als Wächter nur diese krumme Birke, da geht keiner rein, der bietet so gar nichts, unattraktiv und somit sicher, die sprichwörtlich sichere Bank, das alles erzählt er Stuckrad natürlich nicht, er erzählt nur, er hätte etwas in seiner Wohnung verloren, etwas, woran er sehr hänge, ich komm dann mal kurz rum, Stuckenstecker, geht das? Er hätte nur unten kurz geklingelt, wäre in den Hinterhof, sein Portemonnaie geholt, und dann wieder abgehauen, er wäre nicht mal raufgegangen, vielleicht sitzen all die Irren da ja noch, inkl. Haußmann, und Stucki wäre verunsichert, Schlingensief klingelt unten, Stuckrad drückt den Türöffner, aber niemand kommt hoch, vielleicht hat Stucker sich das nur eingebildet, ein Phantomdenken, ein Wunsch, und dann hätte er den besten Abgang, ohne aufgetaucht zu sein, und sein Geld, das wär dann sein Honorar, das, was er für seine Geisterrolle sich selbst ausbezahlt, genial, sich selbst von eigenem Geld in die Freiheit rauszukaufen, gleichzeitig aber kurz vorher das Angebot bekommen zu haben. Mitwisser des barreschen Plans zu sein, erregend, hier werden Gesetze gebrochen, die kurz vorher erst gemacht worden sind.

– Nein, du kannst jetzt unmöglich herkommen.

– Wieso nicht?

– Das geht nicht, ich hab hier noch die volle Bude, das wird mir alles zu viel jetzt.

– Ich MUSS aber jetzt vorbeikommen, ich hab was bei dir im Hausflur verloren oder so.

– Was denn? Und wieso »oder so«? Du hast das im Taxi verloren oder wo auch immer, wir haben jetzt hier eine ganz blöde Situation, alle sind noch da, und jetzt kommt gleich Aska, einer hat sein Geld aus dem Fenster geschmissen, um sich wichtig zu machen oder so.

– Mein Geld.

– Das gehört dem Rumänen.

– Welchem Rumänen?

– Ach Christoph, lass es doch einfach, komm nicht hierher, Haußmann ist auch noch da, der wird sich freuen, dich zu sehen.

– Ich komm in zwanzig Minuten, ich will jetzt mein Portemonnaie zurück

– Ja, dann komm halt, du Idiot, sind nur hier alle versammelt, wenn du alles kaputt machen willst.

Schlingensief legt auf, lässt Stuckrad ratlos zurück, egal, dann eben noch einer in der Gruppe da an seiner Tür, alle schon angezogen, bereit für den Weg, das ist jetzt auch schon egal, die Konfusionen werden sich irgendwie gegenseitig neutralisieren, irgendwie, hofft er, dann kommt Aska und wird sie alle rausfegen, alles bereinigen, so denkt man, irgendwer kommt irgendwann mit der allereinfachsten Lösung, wenn alles so verfahren ist, er beißt sich einen minimal zu langen Nagel von seinem kleinen Finger, er weiß nicht, wohin mit ihm, klemmt ihn zwischen linken Eck- und Schneidezahn, aber kommt drauf, dass ihn das behindert, beim Denken, da fummelt immer die Zunge dran herum, das Werkzeug des Gehirns, er nestelt es wieder mit ihrer Hilfe heraus, nervös ist er, muss wieder in den Vorraum, dahin, wo die alle stehen, Haußmann erzählt über Hitlers letztes Mahl im Führerbunker, »Spaghettis« mit Tomatensauce, ja, er war ja Vegetarier, aber wer hat die Tomatensauce gemacht, wo kamen die Tomaten her, mitten im April, Frau Armatage meint, das sei einfach, nur eine Dose aufmachen, Schubal denkt, und traut sich nicht zu fragen, warum es keine Bananen in Dosen gibt, Armin stellt sich Lydia und sich in einer Dose aneinandergedrückt vor, weich, geschält, in der Suppe, die Hitler isst, so kann man leben, nur kurz zumindest, die Vereinigung im Untergang, das letzte verschwitzte Aufbäumen, die Ekstase in der Dose, dann schön untergehoben unter die Nudeln, und dann, wie wird er sie gewickelt, geschlürft haben, die Speiseröhre runter, im Magen, keine Chance, vollständig verdaut zu werden, sie beide, vereint wieder wie im Traum, als sie das Pferd war, das ihm einen Pferdeapfel geschenkt hat, einen schönen, dampfenden Pferdeapfel, und wieder getrennt durch den Schuss, wenn nichts mehr arbeitet in Hitler und Eva, und zwar für immer, ihre ultimative Vereinigung, also für immer, vorzeitig stecken geblieben zwischen Magen und Darm, abrupt gestoppt, geht weder nach oben noch nach unten weiter, ihre »Hochzeit«, kurz vorm Jawort, vorm Höhepunkt, eingeklemmt, Lydia und er, und dann verbrannt, das, was eigentlich allen, oder so gut wie allen Ameisenmännchen passiert, also allen außer einem, krepiert auf der Strecke, da bekommen sie Flügel zuletzt für nichts. Man wacht auf, wenn man stirbt.

Stuckrad-Barre spürt zum ersten Mal, dass ihn so etwas wie Resignation, Erschöpfung, Zweifel anhaucht, warum soll *er* hier eigentlich noch alles lenken, kann ja auch mal ein anderer übernehmen, oder es lenkt sich selbst, so wie ein Vogel- oder Fischschwarm, da gibt's ja auch keinen Lenker, nur Instinkt, und dann folgen alle, und wenn jetzt auch noch Christoph kommt, gibt's zwei Führer, zwei starke Zentren, dann die drei Schwachen (Lydia, Schubal, Armin), und zwei neutrale Flanken, wenn jetzt noch Aska kommt, mit Frau Armatage. Eigentlich eine schöne Schlachtaufstellung, vor seinem sogenannten geistigen Auge entsteht ein Plan, mit vielen Pfeilen, die Stoßrichtungen anzeigend, Taktiken, Seilschaften, Kringeln, Schnittmengen usw., wie gerne würde er das jetzt auf ein großes Stück Papier aufmalen, die Personen der Handlung, vielleicht auf der Rückseite des Sade-Plakats, er hält ihre bedrohlich weichen Lippen schon lange nicht mehr aus, das ist wie ein Sofa, in das man sinkt und aus dem man schwer wieder rauskommt, so wie die Situation, in der er jetzt steckt, er spürt, sie fängt schon an, ihn zu verdauen, und sie kann noch viel mehr verdauen. Dann dreht er sie einfach um und fängt auf der Rückseite noch mal von vorn an. Mit Sade und der Situation. Warum soll er jetzt auch noch Christoph vorschreiben, wie er sich zu verhalten hat? Soll er doch kommen, soll er doch seine Animositäten mit Haußmann allein regeln, jetzt ist er ja sowieso in einer etwas besseren Position, er weiß etwas, was Leander nicht weiß, vielleicht kann er Schattenregisseur sein, nein, so weit will er, Ben, es nicht kommen lassen, andererseits, warum nicht, dann muss er gar nichts mehr tun, nur alles aufschreiben, und Christoph arrangiert alles, schiebt die Figuren auf dem Brett hin und her, das Problem bei Christoph ist dann aber, dass er sein eigenes Stück inszeniert, zwar unsichtbar für alle außer ihm, Ben, und vielleicht ist es letztlich das, was er meinte mit dem Stück vom Kuchen, das unsichtbare Theater im sichtbaren, aber dann flutscht mir ja alles durch die Finger, denkt Stuckrad, und ich bin hier nur noch der Angestellte, die Schreibkraft, der Dolmetscher, und dann wird er auch noch bei mir im Stück umschreiben und umstellen, das wird ihm doch keine Ruhe lassen, und das wäre sein sinistrer Plan, Haußmann ein Stück von sich unterzuschieben, und ich bin nur noch Zwischenwirt, hervorragende Taktik, das ist das echte Experiment, um Leander zu demütigen, hier, ich hab dich zu meinem Werkzeug gemacht, du tanzt nach meiner Pfeife. Ah, jetzt ist er sogar dankbar dafür, dass Christoph hier gleich antanzen wird und die Szene salzt, aber er muss seine Position unbedingt verteidigen, sehr wachsam sein, dass Christoph nicht zu viel von diesem Kuchen bekommt, denn davon bekommt man ja, wie er selbst sagt, Krebs.

Als sie sich kennenlernten, da in der Donna-Amalia-Bibliothek am Wallraffplatz, Schlingensief arbeitete ja an seiner Dissertation über das Sozialleben der Ameisen, das wusste ja keiner, bis auf seine Eltern, und für die machte er das ja auch letztlich, seine geheime Obsession für diese Tiere, das lief ja parallel zu seinen Film- und Theatersachen, irrsinnig anstrengend natürlich, er wollte ausprobieren, inwieweit es möglich wäre, sich eine bürgerliche, wissenschaftliche Existenz, Karriere oder was auch immer, aufzubauen, diffus hatte er wohl im Hinterkopf, neben seinen permanenten Selbstzweifeln, mit Schauspielerin Hedy Lamarr zu wetteifern, der schönsten Frau der Welt, Nachfolgerin von Marlene Dietrich und Greta Garbo, die in ihrer Freizeit eine durch sich selbsttätig wechselnde Frequenzen störungssichere Fernfunksteuerung für Torpedos entwickelte, das ging zwar nie in Produktion, wurde aber später ein grundlegender Baustein des Frequenzwechsels bei Handyverbindungen. So was schwebte Schlingensief vor, schon damals waren seine Vorbilder nicht eben klein, und wenn das mal nicht klappt mit seinen Filmchen und Kunstaktionen, dann hat er immer noch seine Ameisen, bzw. wird darüber so im kollektiven Gedächtnis bleiben, und wenn nicht im kollektiven, dann doch in speziellen Kreisen, umso besser, das ist ja etwas, was viele Kreative immer wieder anwandelt, der Drang zur Doppelbegabung, schauspielen UND malen, oder singen, dabei kommt bei der zweiten künstlerischen Disziplin immer nur Müll raus, Schlingensief hat sich deshalb etwas Artfremdes ausgesucht, weil es da nicht zu Überschneidungen kommt, man kann nicht vergleichen, und der Natur wohnt ebenso viel Schönheit inne wie der Kunst, außer bei den Kastelruther Spatzen vielleicht, Kunst und Natur (Spatzen) kulminieren hier zum fröhlichen Veitstanz auf dem Vulkan, aber auch diese vermeintliche Hässlichkeit ruht nur im Auge des jeweiligen Betrachters, und sicher gab es welche, die Hedy Lamarr hässlich fanden, igitt, *die* schon wieder.

Sein Forschungsfeld waren, und sind es noch, die polygynen Staaten, wenn nach dem Jungfernflug die Königin befruchtet wird und sie sich die Flügel selbst abbeißt, wie sie es schafft, ein eigenes Volk aus Arbeiterinnen heranzuziehen, und zwar in Kooperation mit anderen Königinnen, da gibt's ja auch zwei Formen, also die primäre Polygynie, gemeinsame Staatsgründung, in deren Verlauf die stärkste überlebt, und dann die sekundären polygynen Staaten, wo Königinnen adoptiert werden, und da kommt jetzt Schlingensief, nach welchen Kriterien geschieht dieses »Casting«? Deutschland sucht den Supermonarchen, man kann das alles umlegen auf unsere Trashformate. Da saß er dann in der Bibliothek über uralten Folianten, zum Teil gebunden in Häuten schon ausgestorbener Tiere, Wälzer von Carl von Linné, er hatte extra Schwedisch gelernt und wälzte die nach brauchbaren Hinweisen. Und Barre besuchte zu jener Zeit, und besucht sie nach wie vor, Bibliotheken bei Verstopfungen, also wenn er nicht »kann«, er kann es nicht erklären, warum die Atmosphäre hier entspannend für seinen Metabolismus ist, ist es die Rücksicht nehmende Stille, ist es der Geruch des gilbenden Papiers, an dem hier ja kein Mangel herrscht, Massen von Papier, das viele, viele Papier, das leise Knacken und Rascheln, das Flüstern? Aber in Buchhandlungen geht es ihm ebenso, nur dass die keine Toiletten haben, also haben sie schon, aber eher nicht für Kunden, deshalb hat er hier in den Bibliotheken einen geheimen Rückzugsort im Falle nagender Hartleibigkeit, er will auch nicht, dass das jemand erfährt, nicht nur, weil es ihm obszön vorkommt, sondern weil er fürchtet, dass dann der Entspannungseffekt durch Bekanntgabe gebrochen würde, noch dazu kam, dass er gerade *Soloalbum* fertig geschrieben hatte, die Leute bei KiWi waren begeistert, sie waren überzeugt, dass das ein Riesenerfolg werden könnte, was es dann ja auch wurde, und wie steht man denn da, als Autor, der nur scheißen kann, wenn er an Büchern schnüffelt, aber damals, als er auf Schlingensief traf, war das Buch noch nicht raus, jetzt spricht ihn jemand an, der ihn nicht kennen *kann*.

– Ich weiß, wer du bist.

– So? Wer bin ich denn?

– Zwei Personen.

– Und wer von denen steht jetzt hier?

– Ein Enkel.

– Und der andere?

– Ist der, der das nicht weiß.

– Aber jeder ist doch Enkel, sogar viermal.

Stuckrad-Barre, also der noch nicht *der* Stuckrad-Barre war, erkannte natürlich Schlingensief, man hatte sein markantes Gesicht in den Zeitungen gesehen, auch wenn seine Filme kaum jemand kannte, aber er hatte die selbstbewusste Aura dessen, der eine Vision hat, den unbedingten Willen, den er aber gleichzeitig bedeckt zu halten versuchte, weil er ja hier inkognito saß, mit all seinen Ameisen.

In Schlingensiefs Augen flackert es, seine Nasenlöcher sind gebläht, er muss etwas loswerden, aber zögert es hinaus, um den Kitzel des Sehnens, die Vorerfüllung auszukosten, eine Art innere Katze beginnt sich bei ihm schnurrend zu rühren, Barre ist irritiert, vom späteren Selbstbewusstsein noch keine Spur, die Haare fallen schulterlang, auf der Nase ein Pickel, der gelb ist, vor ihm, unter ihm, am Tisch vor dicken, Stockflecken aussäuernden Folianten, auf der aufgeschlagenen Seite die Abbildung einer Ameise, die gerade im Begriff ist, einer anderen den Kopf abzubeißen, Stuckrad ist nicht ganz wohl, der Typ kommt ihm vor wie ein Perverser, vor sich Pornohefte mit Leuten in Gummianzügen und Gasmasken, Schlingensief grinst, er tippt auf das Bild.

– Ameisen.

– Ja, ich sehe. Und der Enkel?

– Auf den komme ich gleich zurück. Weißt du, dass für ein Kind eine Ameise in der Wahrnehmung relativ größer ist als für uns Erwachsene?

Stuckrad-Barre kneift's im gärenden Darm, wie eine Sektflasche, prall gefüllt, mit Magma, der Grund seines Besuchs hier, er sieht, dass ihn ihm hier jemand wegzieht. Und er spürt ein anderes Phänomen, dass ihn nämlich Stress und Druck kleiner zu machen scheinen, dass er innerlich verklumpt, alles zieht sich zusammen, Organe werden fest, auch die Knochen richten sich neu aus, stapeln sich wie Holzscheite, die Außenhülle spannt sich, er wird kleiner, das kennt man von der Gänsehaut, auch sie zieht sich zusammen, damit möglichst wenig Oberfläche für die sie attackierende Kälte da ist. Aus Magma wird Schlacke, die Restfeuchtigkeit entweicht dem Enkel als Sodbrennen leise zischend durch die Nase. Was wird er mit der Ameisenrelation meinen, ist Schlingensief fähig,

Menschen zu schrumpfen, offenbar, man kennt das von Autoritäten.

– Ameisen werden scheinbar kleiner, je mehr wir wachsen, dem Kind ist sie, also die Ameise, wie eine Maus, und eine Maus wie ein Hund, und ein Hund wie ein Ochse.

Ist er irre? Was redet der da, der Enkel, jetzt der Ochse, jetzt macht er den »Scheibenwischer«, das heißt, er winkt mit dem Zeigefinger vor seinem Gesicht hin und her.

– Wir dürfen nie aus den Augen verlieren, von welcher Seite etwas betrachtet wird. Warum sind so viele mächtige Männer kleinwüchsig? Auch Stars, die Stones, Robbie Williams, Kylie Minogue.

– Warum?

– Warum? Weil sich zu produzieren der einzige Weg ist, sich zu behaupten. Leute, die nichts haben, sind laut. Warum schreit das Kind? Weil es wahrgenommen werden will, Zuwendung braucht, Gysi, Blüm, Napoleon, Schröder, Putin, Sarkozy, Brecht.

– Brecht?

– 1,54.

– Echt? Also wirklich?

– Ja, ist verbrieft.

– Gab's denn damals schon Größenaufzeichnungen?

– Überhören wir das Witzchen jetzt mal lieber, ich denke, das ist auch in deinem Sinne. Du siehst mir nicht aus wie einer, dem daran gelegen ist, sich aufzuspielen, kein Stammtischjaruzelski.

– Danke.

– Einen Keks?

– Darf man hier Kekse essen?

– Ja, aber nur leise.

– Okay, dann einen Keks.

– Bitte?

– Okay.

– Bitte?

– Ach so, ich soll darum bitten, also: Bitte!

Schlingensief reicht ihm einen Leibniz-Butterkeks.

– Deutsche Wertarbeit, total brüchig, voller Sollbruchstellen.

Beide kauen bedächtig, speicheln die Keksbrocken gründlich ein, bevor sie sie zermalmen, eher zerdrücken mit der Zunge am Gaumen und dann in Richtung Kehle schieben, wo sie von der Peristaltik abgenommen und weiter durchgereicht werden, jeder versucht leiser zu essen als der andere, beide versuchen zum gedämpften Krach, der, je leiser er wird, paradoxerweise umso lauter wird, noch zusätzlich den Krach aus des anderen Mundhöhle wahrzunehmen, oder besser die Vermeidung des Krachs, man sieht sich beim Hören zu, Stuckrad denkt an seinen Auftrag hier, weswegen er hergekommen ist, das geht nun nicht mehr, die Schiffe ziehen vorbei in der Nacht.

– Ich heiße Walter.

– Wie, was?

– Ich heiße Christoph, also Schlingensief, aber hier bin ich der Walter, Walter Mitty, hinten mit einem eleganten Ypsilon, ich hab mir auch einen Ausweis ausstellen lassen, hier (er zeigt ihn), man braucht hier keine Personaldokumente, die glauben einem das so, man kann hier sehr schön eine neue Identität aufbauen, ich liebe es, abtauchen zu können, dann und wann, ohne diese Möglichkeit würde ich zugrunde gehen wie eine Primel. Kommst du hier öfter her?

– Manchmal.

– Um *was* zu tun?

Seine kneifende Verdauung lässt Stuckrad jetzt besser aus dem Spiel, wenn es gerade noch um das gedämpfte Knisterspiel eines Kekses im Ohr des anderen ging, niemand soll das wissen.

– Ich mag die geschäftige Ruhe, die Spannung der greifbaren Stille hier, das entspannt mich wiederum, ich les mal hier was, mal dort, das inspiriert mich, stöbern, schmökern, ich hab jetzt auch ein Buch geschrieben.

– Auch?

– Also, wie all die Autoren hier, kommt im Herbst, und ich such ihm hier schon mal ein schönes Plätzchen, haha.

Schlingensief lacht nicht. Stuckrad darf sich jetzt nicht verplappern, über ungelegte Eier redet man besser nicht, bringt Unglück.

– Ich schreib auch im Internet, hab da auch ein Pseudonym, Marbert Mann, wie Thomas, da kann man dann jeden Quatsch schreiben, auch eine vollkommen neue Identität sich bauen, wie hier in der Bibliothek, zum Beispiel cholerisch sein, flegeln, sich auskotzen und so.

– Und was ist das für ein Buch?

– Betriebsgeheimnis, also, ich möchte darüber lieber nicht reden.

– Wie heißt es denn, kann man das wenigstens wissen?

– *Reminiscing In Tempo*, eine Art Biografie über Duke Ellington, aber sehr frei, romanhaft, mit einer fiktionalen Ebene, der Duke, von dem ich da schreibe, ist nicht direkt der echte Duke, der heißt nur zufällig so, also, man kann das auf zweierlei Weise lesen, das find ich immer gut, wenn es zwei Zielgruppen gibt, die eigentlich null Schnittmengen haben, da weiß die eine nichts von der anderen. Und dann reden sie über das Buch, und dann versteht der andere nur Bahnhof, weil er ein vollkommen anderes gelesen hat, das ist doch ein schönes Beispiel für unsere sprachlosen Klassenverhältnisse.

Was reitet ihn denn jetzt schon wieder? Er gratuliert sich einerseits für seine kreativ sprudelnden Lügen, und gleichzeitig dafür, dass er von seinem *Soloalbum* ablenken kann, lass das mal schön in der Ecke, das wollen wir jetzt nicht rauslocken, aber wie in Gottes Namen schafft er es jetzt hier, etwas anderes rauszulocken, das, was sich jetzt in ihm windet, im warmen Darm. Aber egal, das kann da noch ein bisschen schmoren, das weicht jetzt erst mal der Verblüffung darüber, wie er jetzt plötzlich auf Duke Ellington kommt, er hört doch so was gar nicht, das ist so das Gerümpelwissen, das bei ihm in den Ecken steht, nicht direkt auf Abruf, auch nicht für eine Quizshow, da kommen dann garantiert andere Fragen, es gibt keine Erklärung dafür, warum ausgerechnet dieses zehntausendstel Wissen über Swingmusik hier bei ihm auf Halde liegt, vielleicht sollte er sich mal was von Ellington im Internet runtersaugen, obwohl er bezweifelt, dass so was geht, Bachs

Weihnachtsoratorium kann man sich ja auch schlecht als Runtersaugware vorstellen, wie das schon ekelhaft klingt, runtersaugen, runterladen, das ist wie sich einen abhobeln, von der Palme wedeln, einen wegstecken, warum nur ist die Sprache beim Geschlechtlichen und Kriminellen so verächtlich? Selbsthass vermutlich, Versagensangst, mach's runter, dann kannst du nur noch siegen.

– *Reminiscing In Tempo*, das hat er ja nach dem Tod seiner Mutter geschrieben, kam überhaupt nicht an, vielleicht war den Leuten das zu persönlich, gilt heute aber als Meilenstein, auch wenn der *King Porter Stomp* von Benny Goodman der Startschuss der Swingära war, aber mich hat mehr Ellington interessiert, *Take the A-Train* kennst du sicher.

– Natürlich.

– Ist aber nicht von Ellington, sondern von Billy Strayhorn, das war sein Komponist und Arrangeur, schwarz und schwul, nicht gerade die Bombencombo in den vierziger, fünfziger Jahren, also Combo im Sinne von Kombination, nicht wie in Musikcombo, in der ja jedes Instrument nur einmal vorkommen darf, und das trifft ja auf Ellington nicht zu.

– Man sagt übrigens nicht mehr »fünfziger Jahre«, sondern muss jetzt »1950er« sagen, streicht dir jeder Lektor raus, denn mit »fünfziger Jahren« könnte man ja auch 2050 meinen.

– Im Falle Duke Ellingtons liegt das natürlich auf der Hand. Nein, das weiß ich, das hat der zwar korrigiert, aber ich hab's rückkorrigiert.

– Wo kommt denn dein Buch?

– Bei welchem Verlag? Luchterhand.

Bloß viele Hinweistafeln setzen, die in die unterschiedlichsten Richtungen weisen, so bleibt er auf der sicheren Seite. Schlingensiefs schnippische Art gefällt ihm, auch wenn er ihm hier im Weg steht, auf dem inzwischen sehr weiten Weg zum Klo, und was ist das für ein Enkel, und was ist mit den Ameisen?

– Ich hab vorhin doch etwas über Kleinheit erzählt, es gibt ein anderes Phänomen, auf das ich gekommen bin, du kennst doch die Theorie, dass breite Streifen dick machen und Schwarz schlank, oder andersrum, weiß nicht so genau, aber was eher nicht so bekannt ist, ist, dass Rot klein macht, also, wenn du eine rote Hose trägst, wirkst du kürzer, weil die Aggressivität der Farbe so dominant ist, dass sich das, was sie bedeckt, scheinbar zusammenzieht, von einem Scheinschrumpfungsprozess spricht man dann. Deshalb trag ich, wenn ich hierher komme, immer eine rote Hose, ich will nicht auffallen, die Hose lenkt ab, und ich schrumpfe, und wenn ich hier über meinen Ameisen brüte, dann falle ich sowieso nicht auf, dann werde ich eine von ihnen, dass ich als Walter Mitty studiere, das soll auch keiner wissen, das ist so ein Privatvergnügen von mir, so wie andere in den Puff gehen, oder sich dreizehn Nutten aufs Zimmer kommen lassen, oder komische Hobbys haben, Volleyball mit Rollstuhlfahrern spielen, und man ist selbst gar keiner, das gibt's alles, es gibt nichts, was es nicht gibt, das übersteigt jede Vorstellung, es ist einerseits immer der Mensch, der dem Menschen im Wege steht, aber auch, der ihn mit Perversionen abgefüllt hat, von irgendwoher muss das ja alles gekommen sein, aus der Natur kommt das ganz sicher nicht, schön wär's, dann könnte man der die Schuld geben für alles Mögliche, Kriege, Konflikte, Streitereien, Morde, wenn es nur einen einzigen Menschen auf der Erde gäbe, gäb's das alles nicht.

Wie auch? Wie soll denn ein Einzelner mit sich selbst Krieg führen, höchstens mit dem Über-Ich, innere Unsicherheiten, Schlingensief scheint zu Logorrhoe zu neigen, das ist ja *auch* ein Wunsch nach Bestätigung und Beachtung, vielleicht hat er einen Minderwertigkeitskomplex, rote Hosen machen kürzer? Absurd, allerdings kommt ihm Schlingensief, und nicht nur weil er jetzt sitzt, viel kleiner vor, als er ihn erwartet hatte, bzw. er hat ihn ja gar nicht erwartet, er hat sich nie mit ihm beschäftigt, sich ihn auch nicht vorgestellt, warum auch, der macht halt so schlimme Filme, mit Kettensägen und so, wird auch viel geschrien bei ihm, das sind so die Vorstellungen, die man so hat, er lässt auch gerne Randgruppen bei sich mitspielen, Afrikaner, Versehrte, Einarmige, Matrosen und Bucklige, Raubmörder, Kriegsheimkehrer, Kleinwüchsige, aha, daher seine Obsession für das Kleine vielleicht, dass er hier Ameisen studiert, findet Stuckrad allerdings nicht außergewöhnlich, vor allem, er darf das gar nicht außergewöhnlich finden, er, der er hierher zum Kacken kommt, »weil es immer ein Mensch ist, der dem Menschen im Wege steht«, das ist es, das beschreibt seine Situation hier sehr gut, Schlingensief steht ihm im Weg, und wer weiß, vielleicht steht er ja auch sich selbst im Weg, weshalb er als Ausgleich die Ameisen braucht, allerdings steht er, Ben, sich ja ebenfalls im Weg, er könnte ja einfach gehen, aufs Klo, er ist Schlingensief doch zu nichts verpflichtet, auch *was* er macht, ist nicht beweisbar, auch nicht strafbar, aber natürlich ist es unanständig, nur extra deswegen hierherzukommen, außerdem: Es hätte ihn ja gerade hier überkommen können, was es ja auch tat, aber eben nicht zufällig, sondern vorsätzlich, das ist der kleine unbekannte Unterschied, unbekannt für sie, und jetzt fühlt er sich so wie der Mensch, von dem Schlingensief eben geredet hat, der einzige Mensch auf der Erde, der einzige, bei dem sich, angeregt durch den Geruch von Papier, abführende Reflexe einstellen, er hofft, dass seine tobenden Gedanken von Schlingensief gespürt werden, instinktiv, dem geht's nicht gut, der sitzt auf Nadeln, der hat's eilig, dass Schlingensief wenigstens sagt, tut mir leid, aber ich muss jetzt hier weiterarbeiten, manchmal erfüllen sich doch solche Wünsche, aber, nein, er kann ja dann gar nicht aufs Klo, das ist ja nicht der Ausgang, wie sieht denn das aus, dass er zerstreut ist, Tür nicht findet, aus dem Klofenster flüchten will, es wird alles nur noch komplizierter, es fühlt sich wie ein unentschlossener Zug an, ein Wind, den es eigentlich zum Fenster drängt, dem geöffneten, der aber aus Anstand stehen bleibt.

– Und du heißt?

– Äh, Ben.

– Benno?

– Benjamin.

– Und du bist der Enkel.

– Ja, sicher von meinen Omas und Opas.

– Klar, nein, das muss jetzt nicht stimmen, aber dein Kinn …

– Mein Kinn?

– Hat eine unglaubliche Ähnlichkeit mit dem von Heiner Müller, kennst du den?

– Nein, wer ist das?

– *Hamletmaschine*, einer der wichtigsten deutschen Dramatiker, ostdeutschen, also, wenn man eure beiden Kinne abschneidet und zusammenklebt, nein, falsch, wenn man eure Kinne abschneidet und unter den Kopf des jeweils anderen klebt, sieht man absolut keinen Unterschied, sein Enkel, das könntest du sein, du bist der und gleichzeitig der, der das nicht weiß, das meinte ich neulich mit zwei Enkel.

– Neulich?

– Ah, ja vorhin.

– Vorhin, neulich und dann?

– Also etwas, was lange zurückliegt, aber an die Gegenwart drängt? Ein Wort, hm, das ist so eine Frage für Quizshows, Jauch, ordnen Sie folgende Wörter, beginnend beim aktuellsten bis zum am weitesten zurückliegenden.

– Unlängst?

– Und dann? Hinten ist schwer, vorne könnte noch *jüngst* kommen.

– Nein, jüngst kommt nach neulich. Vorhin, neulich, jüngst, unlängst, so würde das gehen.

– Man merkt, du bist gut mit Wörtern, bin gespannt auf deine Duke-Ellington-Biografie.

– Na ja, nicht direkt eine Biografie.

– Aber hast du doch gesagt.

– Gesagt hab ich, dass es eine fiktionale Bio ist.

– Aber Duke Ellington gab es doch, oder lebt der noch?

– Nein, ist schon tot, ich benutze nur seinen Namen, kommt schon auch Swing vor, aber auch andere Sachen, ich siedele eine Geschichte im Swingmilieu an, sodass sowohl Swingfans als auch Freunde von …

– Von?

Barre ist am Ende, ihm fällt nichts mehr ein, das fröhliche Fabulieren und seine gleichzeitige innerliche Verklumpung ermatten ihn wie eine Florfliege im Herbst, warum soll er jetzt auch noch so detailreich über die nicht existente Duke-Ellington-Biografie reden, was soll das alles hier, er muss mal und will nicht über *Soloalbum* reden, stattdessen jetzt das, er, Schlingensief ist ja hier auch nicht Schlingensief, Walter Mitty, wie albern, was mischt er sich hier ein, andererseits, er, Ben, spielt das ja mit, das macht ihm doch Spaß, bisschen flunkern hier, dann dort ausschmücken, geht doch eigentlich, aber dann bitte unter normalen, geordneten Umständen, wenn der Kopf klar und der Körper leer ist.

– Von Zwergen.

– Du schreibst eine Swingbiografie, in der Zwerge vorkommen?

– Ich schreib nicht, ich hab schon, und ist auch keine Swingbiografie, sondern eine über Duke Ellington.

– Und wieso kommen da Zwerge vor? Um ihn größer zu machen?

– Nein, das ist das Fantasy-Element. Das ist die Parallelebene, das ist jetzt zu kompliziert zu erklären, das ist total verschachtelt, vielleicht liest du das dann ja, wenn es im Oktober rauskommt, Luchterhand, wie gesagt.

– Swing und Fantasy, das klingt ja interessant, ich glaube, so einen Genrebastard gab's noch nie, vor allem nicht bei Luchterhand, richtig?

– Alles braucht immer ein erstes Mal.

– Genau, gib den Zwergen die Zeit, die sie brauchen.

– Die Uhr ist für die Dummen, die Klugen wissen ihre Zeit.

– Fällt der Baum wirklich um, auch wenn niemand im Wald ist?

Das könnte man jetzt ewig so weitermachen, mit dieser Masche, »sei es, wie es sei«, »so ist es und so war es«, so denken beide, man könnte sich so den ganzen Tag unterhalten, dafür sind diese Redensarten ja auch gemacht worden, dass auch rhetorisch nicht so gut Gerüstete ohne große Sorgen aktiv und gleichberechtigt an jedem Gespräch teilnehmen können, aber selbst bei diesem Überangebot und auch wenn die beiden nicht darauf angewiesen sind, sondern daraus einen Wettbewerb machen könnten, wer am längsten durchhält, fehlt hier Schlingensief und Barre dafür der Atem, oder sie kennen sich noch nicht gut genug für Spiele dieser Art.

– Im Laufe des Lebens werden die Jahre immer kürzer.

– Ich muss jetzt hier weitermachen, Ben, wollen wir uns heute in der *Hundekehle* treffen, würd gerne mit dir bisschen weiterquatschen.

– *Hundekehle?*

– Die Bar in der Tor-, Ecke Glahnstraße, so neun, geht das?

– Hausnummer oder Uhrzeit?

– Beides, man spart sich eine Neun.

– Okay, und die andere Neun wirft inzwischen Zinsen.

Ben will witzig sein, aber auch diesmal wird er überhört, weil Schlingensief sich einfach wieder über seine Ameisen beugt und Notizen in ein Moleskine-Büchlein macht, Stuckrad kommt sich vor wie der, der in einen alten, schmutzigen Kartoffelsack ruft und auf das Echo wartet, der große Luchterhand-Autor, jetzt macht ihn jemand von der Leine los. Endlich.

– Ich geh dann mal.

Von Schlingensief kommt nur noch ein leise gemurmeltes »Reine Vernunft darf niemals siegen«, aber es kann auch etwas anderes bedeuten, das Murmeln, es könnte seine Entlassung sein, muss aber nicht, er will es riskieren, entfernt sich langsam vom Ameisenstudenten, rückwärts, grinst, so, als bräuchte er eine mimische Rückzugsrechenschaft, nichts für ungut, nicht stören lassen, bis dann, sauber bleiben. Draußen atmet er, so gut es eben geht, tief ein, die Luft ist dick, ein klebriger, schwerer Sommernachmittag, ein Gewitter rollt heran, erste Tropfen, die einen schiefen Regenbogen bauen, Ben ist glücklich, auch sein Darm schöpft neue Zuversicht, erst jetzt spürt er die zwei riesigen Schweißflecken unter seinen Achseln auf seinem hellblauen Hemd, man sieht sie wuchern, sie werden langsam kalt, er will nach Hause, dort überlegen, vielleicht soll er in die *Hundekehle* heute, vielleicht auch nicht, mit neuem Hemd kann man besser denken, zwei Schweißflecken, zwei Enkel, wie ein Rorschachtest, der symmetrische Ben.

Das sind Schlingensiefs und Stuckrad-Barres erste Begegnung und erster Abschied, und hier ist Schlingensief noch der Chef, Barre noch nichts, gerade neu in Berlin, wartet auf seinen Roman, wartet, dass es losgeht, die KiWi-Leute geben grünes Licht, Daumen nach oben. Aber wo sind sie jetzt, in Stuckrads Wohnung, zwischen Tür und Angel steht eine Gruppe von verkaterten Menschen, die nicht so sind, wie sie sein sollten, angeschwemmt, unentschlossen, man wartet, die Concierge will das feuchte Geld nicht hergeben, Haußmann würde gerne Lydia kämmen, als eine Art erotischer Ouvertüre, Lydia würde gerne Haußmann zausen, Schubal will sein Geld, er ist sich sicher, dass es seins ist, dass Lydia ihm befohlen hat, es aus dem Fenster zu schmeißen, Armin bohrt mit seinem Zeigefinger ein Loch in seine Hosentasche, mein Fluchtweg, vielleicht kann ich mich so umstülpen wie das Pony am Ende in Charlotte Roches Roman, da saugt einer so heftig am Anus eines Ponys, bis sich dessen Inneres über das Außen stülpt, wie ein auf links gedrehter Mantel, so lange wird er bohren, bis er selbst durch das Loch fliehen kann, man darf doch wohl noch träumen dürfen, gestern hat er Charlotte auch noch gefragt, ob sie durch das kleine Löchlein auf ihrem Philtrum, also knapp neben ihrem Philtrum, also der Dachrinne zwischen Nase und Oberlippe, da hat sie ein kleines Löchlein von einem Piercing, das sie schon lange nicht mehr trägt, ob sie, wenn sie den Mund voller Milch hat und ordentlich presst, ob dann ein Strahl Milch, eine kleine Fontäne heraussprudeln würde, sie hat nicht gelacht, ihn nur versteinert angesehen und gemeint, dass das NUR Männer fragen würden, dann dieser Blick, der müde Lötkolbenblick, was meint sie mit NUR? Bedauert sie das? Würde sie häufiger danach gefragt werden wollen, von Kindern auch, Müttern, Mädchen, ihren Leserinnen, den vielen? In diesem Moment fühlt sich Armin nicht als Mann, er gehört nicht dazu, er kann ihr das aber schlecht klarmachen, nicht weil sie jetzt mit, auch nicht unbedingt der Prototyp eines Mannes, Norbert Blüm keckert, sondern, wie soll er ihr erklären, dass er mehr ein Mensch ist, kein Mann, ein Freund vielleicht, ein Mann will etwas von ihr, der schaut auf ihre Brüste, wie man das kennt, fragt sich, wo die sind, viel ist nicht da, verkümmert, irgendwie resigniert, und dann ist dieser Mann lolitafixiert angesichts dieser kleinen Brüste, die eben noch akzeptable Minimallösung eines Konstruktionsproblems, Armin schaut deshalb immer etwas oberhalb der Augen, wenn er mit Frauen, mit Mädchen spricht, auf die Stirn (die Stirn, der Rücken des Gesichts), den Haaransatz, auch da gibt es viel zu sehen, eine schöne, attraktive Stirn, das hört man doch sonst nicht, vielleicht wollen das Frauen auch mal hören, er hat das noch nie ausprobiert, sich noch nicht getraut, und gewöhnlich passt er auf, dass er ja nicht runtergleitet, die Augen sind die Grenze, tiefer darf's nicht gehen, der Blick fällt immer nach unten, so, als gehorche auch er den Gesetzen der Schwerkraft, trotzdem kann er das Löchlein erhaschen, aber es hat ja *ihn* gefunden, nicht andersrum, er wundert sich, aber ich muss mich losreißen, sie will das nicht, auch wenn sie es nicht gesagt hat, geh weg von meinem Loch, ich sag's dir nicht, ob da was rauskommt, und werde es dir nicht zeigen, du darfst mein Lachen hören, daran teilnehmen, mehr nicht, nicht anfassen, sei froh darüber, sei froh, dass ich nicht die Polizei rufe, ich will mich hier mit Norbert Blüm amüsieren, siehst du das nicht, red mich nicht an, frag mich nicht, wie ich das Wort »Kotze« ausspreche, und rede mich nicht an wegen meinem Loch, geh bitte, geh weit weg. Jetzt sieht sie aus wie eine Elster, ihr Liebreiz ist vollständig von ihr abgefallen, die Milch ist sauer geworden.

Armin nagt an seiner Innenbacke, Lydias Wangen sind gerötet, sie redet mit Haußmann, er kann sich nicht konzentrieren, Armin hört kaum etwas, Ohren belegt, oder beschlagen wie eine Fensterscheibe im Winter, er lehnt an der Wand aus Kalk, er ist Kalk geworden wie der von ihm verehrte Formwandler aus *Clever & Smart*, bei *Raumschiff Enterprise* gab's auch einen Formwandler, Odo hieß der, der war da Sicherheitschef, konnte durch Ritzen kriechen und schlief in einem Eimer, in flüssigem Zustand, kein Lottogewinn würde ihn reizen, oder eine Tarnkappe, die er sich als Kind gewünscht hatte und nie bekam und auf die er immer vertröstet wurde, ein Formwandler, das wäre das Ideal, wie Wasser, nur mit Gehirn, andererseits, viel hat er ja davon auch nicht herzuzeigen, und außerdem besteht er ja zu nicht wenig Prozent aus Wasser, zwar nicht aus so viel wie die Salatgurke, aber trotzdem. Jetzt gelehnt an die Wand, denkt er zäh, warum wandern sie nicht, die Moleküle, Lydia kann in Haußmann hineinwachsen, er in sie, Schubal bekommt sein Geld und haut ab (verflüchtigt sich), die alte Hausmeisterin stirbt, verendet auf der obersten Stufe, röchelnd, haucht ihr Leben aus, ihre Seele weht wie eine Gardine durchs kaputte Klofenster, und er, Armin, wächst in die Mauer und bleibt dort, bis eine neue Zivilisation die Erde übernimmt, lange nachdem selbst die Insekten den Löffel abgegeben haben, wenn ein Neustart möglich ist, wenn Menschen wie Wasser durch Spalten gehen können. Dann kommt Armin wieder aus der Mauer, klopft sich den Staub ab, und dann ist er Doc Ogen Clon, ja so heißt er, der Name, der ihn irgendwann mal von irgendwoher angeweht und den er dann abgespeichert hat, manchmal kommen solche Namen, Wörter, Satzfetzen, Hülsen, Brücken, Bruchstücke, und er kann sie nicht in einen Zusammenhang bringen, vielleicht ist das ein Schicksalsanagramm, *Gott Egon* oder so was, der Name hat einen guten Klang, und im Affekt, in Extremsituationen kommen diese Schwebeteilchen eben hoch, ich weiß nicht, warum, weil sie mich trösten wollen, ob sie etwas artikulieren wollen, was mir nicht gelingt, ich bin nicht klüger, kann in undurchsichtigen Situationen nicht automatisch besser sehen, aber es hilft, das Plankton zischt aus einem, und jetzt zischt sein Name aus ihm, wenn er der Formwandler ist, wenn die Menschen weg sind, die Insekten auch, dann muss er eben Doc Ogen Clon sein, und das rettet ihn hier jetzt eben ein bisschen an der Kalkwand, und die Wand sagt, na, geht doch, warte noch ein bisschen, hör mal, was die anderen sagen, und er stößt sich ab von der Wand, und jetzt ist er wieder da.

Und jetzt ist sie auch endlich da, Aska, die Putzfrau aus Zimbabwe, und neben ihr Christoph Schlingensief, gemeinsam, so als wäre Schlingensief der Bote, der die Putzfrau persönlich vorbeibringt, wie der Zuhälter, sie macht sauber, er kassiert, beschützt sie und bringt sie zum nächsten Kunden.

Die Gruppe ist jetzt sehr groß, acht sind sie, und je größer eine Gruppe, desto schwerer kann sie manövriert und aufgelöst werden, und weil noch dazu das Zentrum fehlt, Ben ist ja ausgestiegen, kurzfristig, halb freiwillig, halb durch die Situation jetzt, er überlässt die organische, klebrige Masse sich selbst, niemandem fällt es leicht, eine Entscheidung für sich selbst zu treffen, keiner traut sich, die Initiative zu ergreifen, schon gar nicht für die anderen, sie zu lenken, Stuckrad-Ramses könnte es, aber er verzichtet drauf, es kommt ihm vor, als hätte er sich selbst in einen Teppich eingerollt, sich zwar nicht unsichtbar, aber passiv gemacht, aber er hat auch den Eindruck, alle anderen stecken in Teppichrollen, vielleicht sind sie ja jetzt hier in einem Teppichgeschäft und warten auf den Kunden, und Schlingensief ist das sicher nicht, der ist ein weiterer Teppich, und Aska macht hier nur sauber, die klopft vielleicht die Teppiche, aber nur, wenn man sie extra dafür bezahlt, das sind Sonderleistungen, ob wohl auch beschlagene Fenster in die Putzroutine fallen, ist kondensierte Atemluft Schmutz?

Schlingensief sieht in der Hand von Frau Armatage sein

Geld, Schubal hält sein Portemonnaie in seinen »Wichsgriffeln«, wie Schlingensief voll zornigem Stress feststellt, wie kommt er jetzt an sein Eigentum, wie trennt er es jetzt von den zwei Leuten und vereint es wieder bei sich, ohne die peinliche Geschichte mit dem Klofenster, dem Chloroform, und das alles unter dem arroganten, lauernden Blick Haußmanns, na, was hat der kleine Scheißer uns jetzt zu erzählen, was heckt er jetzt aus, was will er von Ben, oder will Ben etwas von ihm? Denn wenn Ben etwas von ihm will, wo steht er, Haußmann, dann? Mit seinem kleinen Schreibauftrag, das Stück, Ben hat erzählt, *Trio mit vier Fäusten* soll es heißen, er braucht es nicht, dass Schlingensief davon weiß. Was ein Trio mit vier Fäusten sein soll, hat er noch nicht herausgefunden, ein Trio hat doch sechs Fäuste, vielleicht haben zwei des Trios nur je einen Arm, und es schwant ihm, dass diese drei Typen hier die Hauptfiguren sind, »die züchte ich mir zu Material heran«, hatte Ben mal gemeint und sie vage beschrieben, Haußmann hatte zu bedenken gegeben, dass er sich auf Menschenexperimente nicht einzulassen wünsche, das wäre ethisch nicht in Ordnung, Stuckrad hatte ihn beruhigt, dass ihm das auch fernläge, er sie nur zu Milieustudien brauche, er interviewe sie, sammle Material und werte das aus, und daraus würde er seinen Stoff »kneten«, die Personen aber bis zur Unkenntlichkeit verzerren, Haußmann vertraut ihm, ein Golem wird ihm hier nicht gebaut.

Acht Leute, wie eine Familienaufstellung, halb im Flur, halb im Treppenhaus, halb im Mantel, halb hochgehetzt, halb da, halb noch nicht da, halb schon weg.

– Christoph, hallo.

Haußmann bricht das Eis, er tut freundlich, will jetzt nicht, dass alles noch unübersichtlicher wird, braucht kein Scharmützel, keinen Stress jetzt, bitte. Eben noch hatte er seine Mitte gefunden, er hatte sich und Lydia vorgestellt, das geht eigentlich leicht, andere schnattern fröhlich vor sich hin, er kann ganze Filme gleichzeitig sehen, ab einem bestimmten Alter geht das, das Ausklinken, das Überspringen, das Konstruieren von verpassten Chancen, sie idealisieren, Szenarios entwickeln, ganz schnell geht das, das wird an einem Reißbrett entworfen, skizziert, er und Lydia, der erste Kuss, zwischen Tür und Angel, »verweht, hingetuscht«, wie Judith Hermann, die mit der Nase, das im *Sommerhaus, später* schreibt, zuerst hingetuscht, dann »hüpft« man später »in die Kiste«, Bett also, man fummelt rum, Liegen, Hoffnung der dicken Frauen, denkt er, aber Lydia ist nicht dick, Stehen als Chance, Konturen machen, denkt er, sie knetet seinen Hodensack, wie kommt sie darauf, vielleicht denkt sie, da ist was drin, Gefühle oder so was, Sensoren, es tut weh, er windet sich ächzend, ein Laut, den sie missinterpretiert, er traut sich nicht, etwas zu sagen, sie kennt ihn nicht, sie weiß nicht, dass er *der* Leander Haußmann ist, wenn sie es wüsste, wenn sie *Sonnenallee* kennen würde, könnte er ihr sagen: Ist wie roh, eigentlich nichts drin, außer komplizierte Nerven, lass mal lieber. Dann Frühstück, dann eine Woche nicht sehen, und dann geht's RICHTIG los, erster Urlaub (Lissabon), erster Streit, erste Tränen, erste Versöhnung, aus allen ersten Malen werden unendlich viele. dass sie zu einer Kette aus Routine gerinnen, und dann das Ende, ein Ende mit Schrecken, ein hartes ist immer besser als ein versickerndes, beide sitzen in der Bar, wo sie alle immer hingehen, *Hundekehle* natürlich.

– Ich hasse dieses Lied.

– Okay.

– Also hör mir mal zu.

– Ich höre immer zu.

– Eben nicht.

– Aber jetzt.

– Wir können so nicht weitermachen, ich will das nicht mehr, das ist eine schlechte Basis, das ist eigentlich gar keine Basis.

– Wovon sprichst du?

– Von deiner dauernden Eifersucht, wie ein Affe, das weißt du ganz genau, das macht mich ganz krank, das ist Gift, du beobachtest, wie ich gehe und wo ich stehe.

– Ja und? Sei doch froh, dass ich ein Auge auf dich werfe, ich schau dich gerne an. Das bin ich nun mal, das ist mein Naturell.

– Ich bekomme von deiner Eifersucht Verspannungen, mir tut alles weh, du bist ja schon eifersüchtig auf meinen BH-Träger und, wenn ich den geraderücke, auf meine Finger, ich merk das doch, du bist echt notgeil, und durch deine Notgeilheit bist du auf alles eifersüchtig, so als würde dir ununterbrochen jemand etwas wegnehmen wollen, ich merke das doch, du bist ja sogar auf den Mann dahinten eifersüchtig, den du gar nicht kennst, du bist auf Nicholas Sarkozy eifersüchtig, ich hab das doch gemerkt, als

Carla den geheiratet hat. Du bist am Ende auch auf dich selber eifersüchtig, auf deine eigenen Gedanken.

– Ich …

– Halt du jetzt mal die Klappe, bitte, du machst es nur noch schlimmer, ich bin nicht dein Eigentum.

– Soll ich uns noch was zu trinken holen?

– Genau das ist das andere Problem, das mit dem Saufen.

– Ich bin kein Säufer.

– Nein, du bist kein Säufer, du bist ein Trinker, das ist noch schlimmer.

– Was ist denn der Unterschied?

– Man besäuft sich gelegentlich, Trinken ist aber ein Beruf, du trinkst nicht zum Vergnügen, sondern als ob du dafür bezahlt würdest.

– Du sprichst wie meine Mutter.

– Halt jetzt die Klappe.

– Mama.

– Das ist eben das Perfide, wie du besoffenes Schwein alles ins Lächerliche ziehst.

Haußmann schweigt, Lydia: Halt die Klappe.

– Ich hab doch gar nichts gesagt.

– Aber gedacht.

– Ich hab auch nichts gedacht.

– Ja, typisch, du hast nichts gedacht, du denkst nie was, nur immer an den nächsten Drink.

– Bist du gar nicht durstig?

– Durst ist ein Euphemismus für Alkoholismus. Du wirst hier schon nicht vertrocknen.

– Durst ist doch auch nur ein Wort, die Worte fallen in das Getriebe der Welt – uneinholbar. Du bist paranoid, ich trinke nicht mehr und nicht weniger als alle hier in dem Lokal, außerdem trinkst du auch.

– Aber du säufst.

– Vorhin hast du noch gesagt, ich bin kein Säufer, sondern Trinker von Beruf.

– Ich will dir mal was sagen, mein Freund, ich sehe deine Trinkerei als direkte Bedrohung an, nicht nur für dich, sondern auch für mich.

– Um mich mach dir mal keine Sorgen.

– Mach ich aber, und um mich auch.

– Schön, weißt du, was ich glaube?

– Was glaubst du denn?

– Ich glaube langsam, dass nicht meine Eifersucht, meine angebliche Eifersucht dich nervt, sondern, dass im Gegenteil DU eifersüchtig bist auf mein Trinkverhalten, du bist überhaupt übel gelaunt schon den ganzen Abend.

– Nein, DU bist schlecht gelaunt, weil du die Wahrheit nicht erträgst, und nur erträgst, wenn du besoffen bist.

– Ich finde das sehr lustig …

– Ich find das überhaupt nicht lustig.

– … wie du dich auf das Eigentliche hinassoziierst, es ist anscheinend so, dass wir beide eifersüchtig sind.

– Ich geh jetzt.

– Nein, ich geh.

– Wohin?

– An die Bar, ich hol mir noch was, der Barmann muss ja auch irgendwie leben.

– War ja klar.

– Also, du gehst jetzt, und in einer halben Stunde kommst du wieder? Wie üblich? Du weißt ja, wo du mich findest, vielleicht kommt ja nachher noch Carla Bruni vorbei, haha.

– Nein, diesmal geh ich für immer.

– Werden wir ja sehn.

– Wirst DU sehen, nicht ich, DU wirst mich nämlich gar nicht mehr sehen.

– Ja, ciao, vergiss deinen Schal nicht, Schals sind die häufigstvergessenen Kleidungsstücke, noch vor Schirmen.

Haußmann würde zur Bar gehen, Lydia wutschnaubend das Lokal verlassen, Haußmann holt sich einen Whiskey, Heiner Müllers Lieblingsgetränk, dicke Zigarre wäre jetzt noch schön, setzt sich wieder an den Tisch, schaut sich das Glas an, fast liebevoll, sagt lächelnd:

– Na, du? Du brauchst keinen Schal, nicht?

Das geht alles blitzschnell, diese Szenarios, so kann man alles enden lassen, es macht ihm sogar Spaß, Endszenarios zu entwickeln, für den Fall, dass er sich verliebt oder sich jemand in ihn, das sind Schemata, Module, die man nur zusammenpappen braucht, und schon entsteht das bekannte Ende aus Missverständnissen und menschlichem Schmelzkäse. Andererseits, so schnippisch, so dominant wäre Lydia nicht, er biegt sie sich jetzt so zurecht, das ist seine Wunschlydia, so kommt man leichter aus etwas heraus, wenn die Frau auf den Tisch haut, das ist doch das, was er will, der Feminismus, ulkig, *der* Feminismus ist männlich, was die Frauen wollen, dass die Männer passiv sind, dass sie gar nichts mehr tun müssen, »für eine bessere Welt, in der die Frauen die Kriege alleine führen müssen«, wie es in dem einen Lied heißt, das er heute Morgen gehört hatte, im Radio, bevor er hierher kam, in die Wohnung von Ben, das Komische ist, dass seine Gedanken so gehetzt vorbeiflitzen, sich ballen und wieder auseinanderreißen, er sich auch so klein und beschmutzt und geprügelt fühlt, als sei er verkatert, dabei hatte er gestern den ganzen Abend auf seiner Premierenfeier nur drei kleine Biere getrunken, drei kleine Biere in acht Stunden oder so, das kriegt der Körper und die Psyche ja gar nicht mit, das geht ja wie eine Schnecke durch ihn durch, nein, wie ein Blitz, eine blitzschnelle Schnecke, er hatte also praktisch gar nichts, eine gesunde Dosis, vielleicht zieht ihn die Gruppe hier so runter, deren Kaputtheit überträgt sich auf ihn, eine übertragbare Verkaterung, er absorbiert deren Leid, seine übermäßige Empathie, die ihm so oft eine Mauer ist, ihr Leid, und das kann man an ihren blassen Gesichtern ablesen, schwirrt wie heimatlose Atome oder Drohnen umher, der eine ist so fahl, dass man glauben könnte, das sei eine Form von Mimikry, weil die Wand, an der er lehnt, ebenso weiß ist. Komisch, dass Drohnen vom Artikel her weiblich sind, obwohl das ja Männchen sind, ist das ein versteckter Hinweis aufs Matriarchat, das kommende? Männchen, die zu nichts zu gebrauchen sind, die die ganze Zeit im Bienenstock oder Ameisenhaufen lümmeln, gepäppelt werden und verteidigt, die sich ein Jahr ausruhen, und dann fliegen sie einmal, und das war's dann, dann sterben sie, so wie Spermien, ist das die Zukunft, wie sie die Frauen für uns vorsehen? Dass wir auf das zurückgeworfen werden, was wir sind in der Unendlichkeit, ein sehr schnell und sehr heiß brennender Klumpen von irgendwas, oder das Gegenteil, eine Manganknolle (wächst ca. 5 mm in einer Million Jahren), oder ein verkapseltes Haar, das nach innen wächst, ein starrendes Bedeutungsgeflecht?

– Hi, Leander.

Christoph wieder schnippisch, immer gemein, wie üblich, er, Leander, hasst es, wenn er mit »Hi« begrüßt wird, nicht nur, weil er Amerikanismen hasst, sondern weil es dann, schnell gesprochen, so klingt wie Heil Leander, wer ihn provozieren will, begrüßt ihn so, Schlingensief weiß das, er, Leander, verkneift es sich, beleidigt zu sein, er will jetzt keinen Streit vor diesen fahlen Zeugen. Schlingensief überlegt, wie er Stuckrad isolieren kann, um dieser Farce ein Ende zu setzen, um an sein Geld zu kommen und sich dünne machen kann, vielleicht kann er Aska, der er unten im Hausflur begegnet ist, vorschicken, sie muss die Leute trennen, ich kann so nicht arbeiten, bitte zur Seite treten, Schlingensief braucht einen Umweg.

– Einen irren Bastard eben im Taxiradio gehört, »Ein Männlein steht im Walde, ganz still und stumm«, in einer Salsaversion, »sag, wer mag das Männlein sein, das da steht im Wald allein«, man glaubt nicht, wozu die fähig sind.

– Wer sind *die*?

Armin ist wieder da, er bäumt sich auf, er ist wieder gelandet, Houston, geben sie Gedankenfreiheit. Aber sein

Engagement versickert, wie es aufgetaut ist, erst Eis, schon im Wüstensand verdampft, weil niemand ihm und Schlingensief Beachtung schenkt, stattdessen fängt Aska an zu schimpfen, über Robert Mugabe, dass der schlimmer sei als Hitler, der schwarze Hitler, Lydia stöhnt leise auf, schon wieder Hitler, selbst Hitler war schlimmer als Hitler, denkt sie, letztlich, sie fühlt sich schwach, sie ist die schwächste Frau hier, die uralte, zähe Frau Armatage mit dem goldenen Gebiss und dem Geld, das der Hund gekaut hat, und die Afrikanerin, so kämpferisch, sie hat eine Zahnlücke, zwischen ihren oberen Schneidezähnen, so wie Madonna, dadurch bekommt sie etwas Hartes, Stämmiges, Solides, der Zahn steht noch da, wo er sein soll, und nicht so verweichlicht schwächlich wie bei ihr, Lydia, so übereinandergeschoben, die eine Ecke abgestoßen, wie ein filigraner Porzellantisch, und jetzt platzt es aus Schlingensief, Norbert Mugabe (er verwechselt absichtlich dessen Vornamen, um Aska zu provozieren) ist derjenige, der den afrikanischen Kontinent von der Fußfessel der Weißen losgeschmiedet hat, er bekommt ein hartes Gesicht, Hitler hätte niemanden befreit, höchstens und unbeabsichtigt uns von dem Hitler in unseren Köpfen, das soll, das darf man nicht vergleichen, bitte, wer hier vergleicht, hat seine Hausaufgaben nicht gemacht, das lässt sich Aska nun nicht gefallen, sie fängt kehlig an zu tirilieren, ihre Worte klicken, schnalzen, wie man es von den Xhosa kennt, dieses Klicken, man hat das gehört, wenn Zulus reden, aber wenn sie deutsch reden, noch dazu hat sie einen oberbayrischen Zungenschlag, kommt das umso eigentümlicher, sie zetert, dass das die typisch weiße Denkungsart sei, deutsche Weiße, die ihr, Askas, Volk, hier versklaven, ihre Wohnungen zertrümmern und von ihnen verlangen, dass sie die Schäden wieder beheben, womit? Ein Klo könne man nicht kleben, und wenn, wie sähe das denn aus, überall würden kleine Porzellanteile fehlen. Woher weiß sie das mit den zwei kaputten Klos? Oder hat sie damit schon oft Erfahrungen gemacht und nimmt das als Demütigungsmetapher? Schlingensief denkt entsetzt an das Klo *hier*, der Spülkastendeckel zerbrochen, das Fenster eingeschlagen, von ihm, im Chloroformrausch, Lydia denkt an ihren einen abgebrochenen Schneidezahn, lieber jetzt nichts sagen, sie will Haußmann küssen, ihr Gebiss verstecken, ihren Mund in seinen graben, Haußmann ist sicher Feminist, aber einer von der verständnisvollen Sorte, wenn sie ihre Matriarchatsideen erklärt, kommt von oben, aus Nordeuropa, da kommt das große M her, Frauen dort übernehmen alle Schlüsselpositionen, in Wirtschaft, Kultur, Politik, Verteidigung, Familie, schon hat es Deutschland erreicht, die Italiener hingegen wären aber noch lange nicht so weit, aber was soll man erwarten, weiche Nudeln essen, sie müssen nicht kauen, einfach alles runterschlucken, die Kehle, das Essen rutscht so »unverzollt« durch sie durch, das ist doch Babynahrung, da muss man ja verblöden, und Haußmann würde alles verstehen, sie würden sich verlieben, verrückte Sachen machen, verreisen, Rom vielleicht, nein, die Italiener sind ihr zu blöd, Lissabon, auch sie konstruiert sich die *Tejometropole* als Liebesnest, unabgesprochen, wenn beide wüssten, dass sie eine ähnliche Welle segeln, alles ginge wohl leichter, *Lisboa*, die Altstadt, aus den Fenstern hängt die Schmutzwäsche, überall braten sie kleine Fische auf der Straße, Sardellen, sie würden sich lieben, Haußmann würde *verhüten*, sexeln, wie die Afrikaner immer sagen, so hat sie das oft gehört, in ihrem Haus wohnen schwarze Blumenverkäufer, fünf in einer kleinen Wohnung, die fragen sie immer, ob sie sexeln will, sie sagt dann gar nichts, das muss als Antwort reichen, die kommen natürlich als Allerletzte dran mit dem großen M, nach Italien kommen die islamischen Länder und dann Afrika, das wird sie aber nicht mehr erleben, vielleicht 2150, Haußmann und sie in dieser kleinen Pension in der Altstadt von Lissabon, das Zimmer, Fenster offen, am Morgen kräht ein Hahn, sie haben *es* gemacht, ihr erstes Mal, richtig, hat sich ihre Geduld und ihre Unbeugsamkeit gegen das Drängen der Männer gelohnt, Schubal, der arme Irre, er tut ihr auch leid, aber sie kann ihm keine Mutter sein, ihm die Schuhe zubinden, ihn abputzen, ihn trösten, sie hat selbst so viel geweint, ihre Mutter hat immer nur gelacht, über alles gelacht, Sorgen verlacht, ihre Pubertät verlacht, ihren ersten Freund ausgelacht, ihre Leistungen, selbst die schlechten in der Schule, vergackert, sie hat sich immer gefragt, was in ihrer Mutter vorgeht, was denn so lustig sei an ihr, soll jetzt Schubal froh sein, dass *sie* nicht gelacht hat, andererseits, wer weiß, vielleicht hat sie was falsch gemacht, sie weiß so wenig, Schubals Reaktion in der Nacht, vielleicht war das eine Art transzendentes Verlieren, nichts kann mehr gehalten werden, alles entspannt, gelöst, alles fließt, alle Schleusen offen, alles kommt, überall. Und da plötzlich bekommt sie einen gewaltigen Schrecken, eben hing sie noch im Mitleid, jetzt sieht sie seine Füße, nicht Schubals, Haußmanns, sie sind klein, *richtig* klein, das ist entsetzlich, wie soll das gehen, er ist größer als sie, hat aber kleinere Füße, sie sieht sich, sie und ihn von unten, in der Pension in Lissabon, unten ragen ihrer beider Füße aus dem pistaziengrünen Wollüberwurf der dünnen Synthetikbettdecke, weil das Bett zu kurz ist, und das ist kein schönes Bild, diese zarten Puppenfüße, sie kommt sich so grob vor, sie kann ihm das nicht antun, er versucht seine Füße zu verstecken, sie hat zu allem Überfluss auch noch ihre Zehen lackiert, grellrot, signalrot, hier sind wir, und wir sind zehn, Frauenpower für Powerfrauen, und daneben liegen die zwei kleinen Männerfüße, das ist so entsetzlich, und sie versucht, ihrerseits ihre Powerfüße ebenfalls in die Bettdecke einzuwickeln, ein Gerangel jetzt, der Streit, unten beginnt der Kampf der Geschlechter, zwischen den Füßen, die sich im Grün des Überwurfs verrangeln, die Scham beginnt von unten, sie wird sich nach oben vorarbeiten, quasi den umgekehrten Weg des Matriarchats, ein ganz schlechter Gedanke, buchstäblich steht ihre Freundschaft auf einem etwas sehr wackligen Fundament, jetzt wird ihr auch langsam klar, warum sich Haußmann ziert, seine Socken auszuziehen, vollkommen nackt ansonsten, aber Socken anbehalten, wie sieht denn das aus, wie einer, der schnell friert, und zögerlich zieht er sie dann doch aus, als sie auf sie deutet, viel zu große Socken, vorn hängt ein überlappender Stauraum, das stellt sie sich alles vor, eine Panik wandelt sie an, sie muss das hämische Bild verscheuchen, es darf nicht so weit kommen, doch, es soll in Lissabon bleiben, das Bild, ihre Freundschaft, im kleinen Zimmer, sie will sich ihm auch »hingeben«, sich ihm opfern, aber vielleicht gibt es einen geheimen Schalter irgendwo, mit dem man die Füße, *seine* Füße ausschalten kann, auf keinen Fall darf sie, bevor sie fahren, ihre Nägel lackieren, das ist schon mal sicher, das entmannt ihn, »geht weg, Füße«, denkt sie, jemand soll etwas vorschlagen, es muss jetzt hier etwas geschehen. Aber es geschieht ja etwas, unablässig passiert etwas, viele Mikroschauplätze, inmitten einer amorphen Masse.

Schlingensief und Aska streiten, Frau Armatage verlangt von Schubal einen Ausweis zu sehen, anders könne sie ihm das Geld nicht aushändigen, Schlingensief schaut sich das scheel von der Seite an, während er den klickend vorgebrachten Theorien Askas zu folgen versucht, Armin fragt Stuckrad, wie spät es ist.

– Schon sechs.

– Sechs schon?

– Ja, hab ich gerade gesagt, nur andersrum.

– Und nu?

Haußmann, der hier am klarsten Denkende, fragt, aber bestimmt nicht, ordnet nicht an, das entspricht nicht seiner Mentalität, das Drängelnde ist seine Sache nicht, er wartet ab, aber eine Frage kann man nicht gebrauchen jetzt, das sieht er ein, Taten müssen Vorschlägen oder besser Befehlen folgen, Haußmann, bitte, Stuckrad fleht, Haußmann, die Hoffnung, und sie kommt, begleitet von allgemeinem Aufatmen.

– Jetzt ist es sechs, wir könnten in die *Hundekehle*, jetzt ist es noch nicht so voll.

– Und das Geld?

Frau Armatage lässt nicht locker, das Geld zumindest. Stuckrad wagt den diplomatischen Vorstoß: Geben Sie es mir, ich werde das schon regeln.

– Auf Ihre Verantwortung, Herr.

Niemand wundert sich, ein Wort, eine Initiative, und der Knoten löst sich auf, alle kommen aus ihren Teppichrollen gekrochen, und Aska kann ihr Werk beginnen, mit Mugabe kommt man ja auch nicht weiter, irgendwie.

– Guter Vorschlag, man kann da auch ein bisschen essen, haben so gutbürgerliche Küche, ich werf mir jetzt auch noch kurz was über.

Haußmann ist stolz auf seinen Vorschlag, kann er Lydia *seine Hundekehle* zeigen, der Ort, wo sie wieder auseinandergehen werden, ihre Affäre gleich mal von hinten beginnen, erst Schluss machen und dann langsam zusammenwachsen, geniales Konzept. Vorhin hat sie auf seine Füße gestarrt, er hat das bemerkt. und er weiß es ja, das ist sein Manko, sein Dilemma in Badeanstalten, er sieht diese Blicke, das Konzept der Fußverstümmelungen in China ist ihm vollkommen klar, die wollen nicht, dass die Frauen ihre Füße auf den Tisch legen, wer ist hier der Boss, das ist nichts anderes als die Genitalverstümmelungen in Zimbabwe, die Gelben trauen sich nur nicht, den Frauen in die Unterhose zu gehen, er weiß das alles, deshalb ist für ihn Gehen so eine Erlösung, in der Bewegung sehen alle Füße gleich aus, Frauen können einen mit Blicken demütigen, er hatte vorhin noch den einen Fuß auf den anderen gestellt, wie Kurt Cobain das immer gemacht hat, dadurch entsteht ein massiver Fußhaufen, sodass es wie *ein* Fuß wirkte, ein großer Fuß, auch Kurt hatte kleine Füße und stellte immer einen Fuß auf den anderen, bevor er starb, seine Strickjacke auch immer zwei Nummern zu groß, sodass er seine kleinen Hände an den kurzen Armen verstecken konnte, das ist ja schon lange Mode bei jungen Mädchen, nur weiß kein Mensch mehr, woher das kommt, alle denken, die Girls suchen Schutz in ihren Ärmeln, Rückzugsgebiet, Wundheit imitieren, Scheinschwäche, das Reh in mir, zurück in den Schlafsack, dabei kopieren sie nur den Defizitmann Kurt, das Problem der Füße ist, dass sie für alles herhalten müssen, sie und der Arsch (Po) stehen für Geduld, das Harren, Persistenz, sie sollen nicht mucken, nur harren, alle Last wird auf sie abgeladen, sie sollen sich nicht beschweren, und dann ist es nur natürlich, dass der dickste Po, die längsten Füße am geduldigsten sind und ein Mann an seinem Gleichmut, seinem überlegenen, an seinen Füßen gemessen wird, wie souverän ist einer, Frauen finden Penisse, also normal baumelnde, süß, niedlich, lustig, wenn sie dann aufgebläht sind, wollen die Männer, dass sie als bedrohlich wahrgenommen werden, wie eine Mondrakete oder Wasserstoffbombe, Frauen sehen das anders, sie sehen eher ein Lineal, nicht dass es ihnen auf die Länge ankommt, sondern das ist ein Ding, das angelegt wird, von Bedrohlichkeit keine Spur, und für erotische Attraktivität ist das Ding einfach zu vulgär, das ist das, was sich Haußmann denkt, er ist Feminist, er weiß, wie Frauen »ticken«, aber die Füße sind eine Konstante, die wechseln nicht den Aggregatszustand wie der Penis, da muss man buchstäblich seinen Mann stehen, da fällt den Frauen auch nicht ein, sie *süß* zu finden, da ist dann nur noch Verachtung, Spott, und je weniger die Frau sagt, desto größer ist der kastrierende Blick und der daran hängende Gedanke, er, Leander, kann ihn lesen, den Blick der Frauen aller Altersschichten und Klassen, da muss man nicht groß Psychoquatsch studiert haben, das großartige, allerdings unanwendbare Wissen ist, dass sie glauben, sie wüssten alles, dass automatisch, weil jetzt wohl demnächst, wie er es im *Spiegel* gelesen hat, das Zeitalter des Matriarchats anbricht, Wendekreis des Muttertiers, dass die Frauen automatisch glauben, sie wüssten ihrerseits, wie die Männer »ticken«, er, Leander, weiß, wie die Frauen »ticken«, aber sie nicht, wie »seine Leute« »ticken«, die denken. den Männern juckt dauernd der Sack, kleines Beispiel, sie müssten sich daran kratzen, da kann man doch nur lachen, die Hoden, die Verlängerung des »Hosenbruders«, Irrglaube, aber sei es, wie es sei, lass ihnen den Glauben, die Illusion, die Landkarte *Mann* vollständig erforscht zu haben, wenn sie schon hier alles übernommen haben, das sind dann eben die Rückzugsgebiete des Patriarchats, ihr Sack, da kriechen sie dann am Ende alle rein. Aber was erreichen die Frauen dann schlussendlich eigentlich? Wenn sie die Männer klein gemacht haben, ihnen die Füße abgebunden, ihre Penisse verlacht, zu sinnlosen Hydranten gemacht haben? Dann stehen sie da und wundern sich, wo die Männer alle sind, die haben sie aus der Stadt gejagt, im

Wald stehen sie, in ihren eigenen Säcken haben sie sich dort verkrochen, sie betrachten ihren eigenen Penis, der sich in nichts unterscheidet vom überall herumliegenden Unterholz, perfekte Mimikry, solche Männer wollt ihr? Die Frauen ratlos. Und dann geht's ganz schnell, dass die Männer wieder das Heft, das sprichwörtliche, in die Hand nehmen und die Füße auf den Tisch legen, aber das wird er, Leander, nicht mehr erleben, deshalb stehen seine Füße jetzt auch nicht zur Debatte, also Aufbruch jetzt, für alle die Erlösung.

– Wenn drei in einem Raum sind und vier rausgehen, muss einer wieder reinkommen, damit niemand mehr da ist.

Stuckrad zitiert, wohl als Aufbruchsmotto gedacht, Erich Mielke und nimmt das Geld, steckt es ein, Schlingensief denkt, da komme ich dann eher ran, sie gehen alle runter, die alte Frau Armatage voran, nicht Schritt für Schritt, sondern auf jeder Stufe werden beide Füße zusammengebracht, wie es die Kinder machen, und nichts anderes sind alte Leute, Kinder, es endet, wie es angefangen hat, keine Zähne, Nährbrei essen, das Gegenteil von Verdauungsproblemen haben, alles fließt immer und überall, jeder Stufe wird die Aufmerksamkeit geschenkt, die sie verdient, so, als sei eine Treppe ein Wunderwerk der Schöpfung, was sie ja auch ist, die kleinen Dinge werden endlich aufgewertet, ein Hund ist ein unendliches Faszinosum, für den Jüngsten gleichermaßen wie für den Ältesten. Haußmann ist beeindruckt von Frau Armatages Art des Treppensteigens, eine Gangart, die seinen Füßen gut zu »Gesicht« stünde. Unten verschwindet Frau Armatage, die tapfere Frau Armatage, in ihrer kleinen Conciergewohnung, »Kräftig klopfen« steht auf dem Pappdeckel, eigentlich ein Tortenboden aus Pappe, auch so ein Ding, für das der Name fehlt, weil sich niemand für es interessiert, ein schöner Zustand, denkt Schubal, so ist man da und unabkömmlich, aber keiner weiß, wo man hergekommen ist, wie man heißt und was man so vorhat, nun aber wird man inmitten einer Gruppe in ein Lokal geschoben, dessen Name zwar etwas bedeutet, mit dem man aber nur schlecht etwas assoziieren kann, ist das ein Witz, weil Hunde so schlabbern? Soll hier vernünftiges Trinken veralbert werden? Gott sei Dank ist das Lokal nicht weit, man geht nur so links aus dem Haus, in dem man Aska zurückgelassen hat, die große Straße runter, und die dritte wieder links ist die Torstraße, Hausnummer 9, die *Hundekehle*, der Name, der einlädt und abstößt gleichermaßen, Lydia zumindest, die Gruppe geht langsam, auch hier fehlt der Führer, man imitiert deshalb Bummeln, an der einen Flanke Haußmann, an der anderen Schlingensief, als Puffer die anderen, im Kern Barre. Jetzt muss er dauernd an seinen Sack denken, seinen Hodensack, er ist ganz bei ihm, Haußmann denkt, das ist wie ein Ohrwurm, ein eingängiges Musikstück, auch einen interessanten Gedanken wird man nicht mehr los, und wieder eine Sache, für die es keinen Namen gibt, würde Schubal denken, wenn er Haußmanns Gedanken hören könnte, Frauen wägen den Sack gerne, weil er so hässlich ist, das ist ganz klar eine Mitleidsveranstaltung, teilweise denken sie, da ist was drin, etwas, was über den normalen Ellbogen beispielsweise geht, wenn das schon dauernd juckt, die Männer sich den immer kratzen müssen, Gefühl eben, aber dann auch dieses Mitleid, so etwas Hässliches, das muss getröstet werden, Haußmann hätte nichts gegen seine Hoden, aber das Problem ist, was *sie* daraus machen, er sagt sich immer, wenn Mutter Natur Gefallen an der Form gefunden hat, wird sie sie wiederholen und nicht verändern, und da ist sie wieder, die große Mutter, Zeit für das erste große Bier des Tages. Oder doch lieber ein kleines? Nein, man darf nicht resignieren, pure Vernunft darf niemals siegen, hat Rainald Goetz mal behauptet, das große Bier ist das maskulinste, was ihnen noch übrig bleibt. In der *Hundekehle* haben sie dann natürlich nur kleine Bierflaschen, gezapft gar nichts, nur Fassbrause, und auf der Karte dann Labskaus, das darf doch alles nicht wahr sein, weiche Nahrung für weiche Bürger, zuerst in Schweineöl gedünstete Küchenabfälle, die am Ende noch in Gurkenwasser durchgekocht werden, wie viel Chuzpe muss ein Koch haben, dass er diesen deprimierenden Matsch erhobenen Hauptes hier auf die Karte setzt, und *nur* den.

– Dann einmal Labskaus für alle. Bitte.

Stuckrad-Barre ergreift die Initiative wie ein Entertainer, er fragt nicht, ob jemand Vegetarier ist oder Bedenken hat, etwas aus dem Mülleimer zu essen, da bestimmt er einfach, das ist sein »Menschenmaterial«, das er Haußmann andreht, so geht er mit ihm um, aha, er, Leander, muss nun aufpassen, dass er nicht zu bestimmend wird, er will sich das jetzt mal ansehen, wie die reagieren, wenn sie diesen Nährschlamm vorgesetzt bekommen. Aber erst mal stehen sechs kleine Bierfläschchen vor ihnen, Radeberger, das gute Radeberger, ein Bier wie ein Handschlag, so wird das doch immer beworben im Fernsehen, na, das ist doch mal was, wenn's gut beginnt, kann ja nichts mehr schiefgehen, Armin hofft jetzt, dass er sich fangen kann, nicht dass er flöge, eher fällt er, seit gestern schon, ungebremstes Fallen, wo befindet er sich überhaupt? Wo ist er, und wer ist er, wer von ihnen ist er? Oder ist er der Koch? Kann auch gut sein, der, der den nicht definierbaren Brei macht.

Stuckrad erinnert sich an sein erstes Mal in der *Hundekehle*, viel konnte er ja nicht berichten über seine angebliche Ellington-Biografie, aber er braucht noch ein paar Brocken, wenn Schlingensief ihn noch mal fragt, Al Hibbler, über den kam er überhaupt auf Duke Ellington, und auch nur über dessen Namen, Hibbler war ja acht Jahre Sänger in Ellingtons Orchester, auch schwarz, und blind, hat die Urversion von *Unchained Melody* gesungen, 1955, das einzige Lied, das in der Hitparade fünf Mal Nummer 1 war, von fünf verschiedenen Interpreten, Hibbler war der erste, Ende der fünfziger Jahre war er dann in der US-Bürgerrechtsbewegung, komisch eigentlich, ein Blinder sieht doch gar nicht, wo er diskriminiert wird, und wer oder was schwarz oder weiß ist, Blinde schnüffeln sich durchs Leben, er wurde dann verhaftet, aber wie krieg ich jetzt die Zwerge da rein, ich muss mehr über Hibbler erzählen und die Zwerge auf die lange Bank schieben, Sinatra hat Hibbler unterstützt, ihn zu seinem Label gebracht, aber es kam dann anders, Al Hibbler, wie Adolf Hitler, wenn der Alfons geheißen hätte, schwarz, blind und schwul gewesen wäre, unter *der* Prämisse bekäme Stalingrad eine völlig neue Bedeutung. Schlingensief hat nur geredet, über Ameisen, über diese eine Schlupfwespe, die den längsten Weg geht, alles so verkompliziert, wie verkompliziert, was macht sie denn? Sie legt ihre Eier in die Raupen eines bestimmten Schmetterlings, der seine Eier auf Enzianblüten ablegt und hofft, dass sie dort von Ameisen gefunden werden. Weil die Raupen wie Ameisenlarven riechen, tragen die Insekten ihren vermeintlichen Nachwuchs nichts ahnend wieder ins heimische Nest (wie konnte das Ei abhauen?) und versorgen und schützen ihn, ein Kuckuck dagegen hat eine geradezu polternde Taktik. Und jetzt kommen diese Schlupfwespen, die ihre Eier nur in den Schmetterlingsraupen ablegen können, es gelingt ihnen, in die Ameisenbauten einzudringen, das muss man sich mal vorstellen. Beim Eintritt der Wespen in den Bau setzt eine regelrechte Panik unter den Ameisen ein, die in aggressive Kämpfe, aber *gegeneinander* ausartet, weil die chemischen Stoffe, die die Wespe absondert, jenen ähneln, mit denen Ameisen Warnungen weitergeben. In diesem Chaos kann sich die Wespe ungestört nach den Raupen des Falters umsehen, also der Wiege ihrer Eier. Kommen die Ameisen mit den Duftstoffen der Schlupfwespe in Berührung, werden sie zur Absonderung der eigenen Alarmstoffe angeregt, die zur Verwirrung im Bau führen. Eine Kettenreaktion von Alarmsignalen geht dann durch die Kolonie, und das ist eigentlich das, was er, Schlingensief, anstrebt, nicht der Stachel im Fleisch des sogenannten Establishments beispielsweise, sondern man müsse da viel diffiziler reingehen, über Umwege und mit Tarnkappenbombern, ob er verstehe, was er meine, Stuckrad nickt, ob das Doppelspiel mit Walter Mitty da in der Bücherei schon Teil dieser Taktik sei, interessiert ihn, nicht Bücherei, belehrt ihn Schlingensief, nenne eine Bibliothek nicht Bücherei, das ist wie Klopapier mit Zeitungspapier vergleichen, beim Klopapier durchzuckt es Stuckrad, weiß er *es*, hat er *es* auch? Außerdem weiß er nicht recht, in welchem Kontext welches Papier minderer ist, gibt ja mindestens zwei. Du musst da reingehen, kalt lächelnd, Subversion durch Affirmation, wir müssen von den Ameisen lernen, »von den Schlupfwespen«, korrigiert ihn Stuckrad, genau, so muss man das machen, du musst die anderen das Haus bauen lassen, das du zerstören kannst, verstehst du? Deshalb hab ich dich vorhin auf Heiner Müller angesprochen, auch er so eine Schlupfwespe, sie haben um ihn herum die DDR gebaut, die roten Ameisen, den Bau, in dem er schalten und walten konnte, und dann: Bums, fällt die Mauer um, an der er zeit seines Lebens gesägt hat. Dass man an einer Mauer nicht sägt, verkneift sich Stuckrad jetzt besser. Was ich sagen will, ist, du solltest deine Ähnlichkeit mit Müller nutzen, mein Freund. Und das war dann sozusagen die Initialzündung, auch dass er diesen Vorschlag mit *Freund* garnierte, das war ein Vertrauensvorschuss, den er dankbar aufgriff, warum nicht? Warum soll er sich nicht auch ein Pseudonym zulegen, Müller, Wolfgang Müller, nein, zu profan, Bomber Müller, Kongo Müller, beide schon vergeben, Turhaan Müller, Wombat Müller, engere Wahl, die sichere Ersatzbank, Ramses Müller, ja, das ist es, da ist Schwung drin, Pyramiden und Mehl, Pyramiden *aus* Mehl, ein prachtvolles Oxymoron, im Schatten Marlenes und Heiners, wenn es Nacht wird in Deutschland, einen Ausweis würde er sich in der Bibliothek ausstellen lassen und eine Biografie basteln, so dachte er damals, und so leicht ging das dann ja auch, Heiner Müller, das Gastspiel der *Hamletmaschine* am Théâtre de la Madeleine, Paris, die Affäre mit Marlene Dietrich, deren Tochter, seine Mutter, ihr unehelicher Sohn, er, geboren in Französisch-Guayana, kein Mensch weiß davon, *pas du tout*, und so wird er das machen, wie Schlingensief, er will das auch niemandem erzählen, das macht den zusätzlichen Reiz aus, dann kommt sein Buch, dann ist er fröhlich Stuckrad-Barre, der mit dem *Soloalbum*, aber da drunter lauert die Wespe, und die wird er auspacken, eines schönen Tages, »aber Marlene Dietrich war doch Lesbe«, »das hat sie immer behauptet, um sich vor den in ihrer Privatsphäre stochernden Paparazzi zu schützen«, so was muss er im Repertoire haben, alle zurückverfolgbaren Spuren verwischen, eine Lesbe macht sich unsichtbar, und dieser Moment, wo er das Insekt in den Ameisenhaufen gehen lässt, der war eben gestern im *White Trash*, und das passt ja alles ganz wunderbar zusammen, dass Leander, sein Leander, dieses Stück bei ihm in Auftrag gegeben hat, das ist seine Batterie, sein Filz und sein Fett, Energie und Wärme, sein Rüstzeug, und dann, zack, in den Bau wie die Wespe, geniale Strategie, so wird operiert, Lydia, Armin, Schubal, man muss sie sich sozusagen bauen, dann geht man mit ihnen in den Bau Haußmann, der kennt nur einen

Teil der Wahrheit, Schlingensief kann das Werden dokumentieren, und am Ende haben alle profitiert von seiner kleinen Kunstaktion. Dass Marlene Dietrich, wie er recherchiert hat, 47 war und Heiner Müller 20, als sie sich trafen und sie schwanger wurde, das ist wasserdicht, belegbar, und man kennt diese Konstellationen doch, das läuft in parallelen Ellipsoiden, immer wieder werden junge Männer von älteren Frauen initiiert, das kommt in Phasen, man kennt das aus Liedern, Peter Maffay, »Ich war 16 und sie 31, und über Liebe wusste ich nicht viel, Sie wusste alles und sie ließ mich spüren, ich war kein Kind mehr« usw., und von der tragischen Dalida, die unter einer Plastiktüte erstickt ist, 3. Mai 1987, »Er war gerade 18 Jahr, fast noch ein Kind mit weichem Haar, ich malte und frisierte mich ein bisschen mehr auf jugendlich ... er sagte, du warst gar nicht schlecht, die Jugend gab ihm wohl das Recht ... ich hab vergessen ganz und gar: Ich zählte zweimal 18 Jahr«, aber zu Zeiten Heiner Müllers in Paris lag das etwas anders, unter dem gesellschaftlichen Grauschleier Ulbrichts und de Gaulles, den sie über ihre jeweiligen Nationen gelegt hatten, es waren einfach nach dem Krieg keine Männer mehr da, da musste man improvisieren, und die Frauen schnappten sich, wenn sie Mut hatten, die jungen Männer, die kamen rein, das Vakuum zischte raus, oder sie wurden Lesben, die Dietrich entschied sich für beides. Jetzt ruhig, alle schweigen, das stockende Gespräch (über Madonna – auch eine Frau mit Hang zu jüngeren Männern) ebbt ab, denn die sechs Portionen Labskaus werden aufgetragen, zumindest ist in einem Punkt das Zeug ehrlich, es sieht so hässlich aus, wie es schmeckt, da muss niemand irgendwem was vormachen, das ist fair, na, vielleicht geht's ja mit dem Radeberger runter, Lydia schaut das Gericht entsetzt an, ihre Augen ganz groß, die Mutter hätte wieder gelacht, wie soll sie das essen, wie soll sie das runterbringen, dieser riesige, primitive Haufen, ihr wird kalt, sie fühlt sich klein und nutzlos, noch kleiner und nutzloser als sonst, ein Rollmops liegt neben dem Gericht, er scheint sie anzuschauen, auch wenn da keine Augen mehr dran sind, dieser kleine, blaue, saure Fisch, er sagt, ich versteh dich, ich versteh's selbst nicht, wenn das Konzept Essen gewaltig missverstanden wird, vielleicht hört man irgendwann das Hohngelächter aus der Küche, der Küche der *Hundekehle*, der dreckige Koch, er hatte ganz schmutzige Finger, das hat sie sofort gesehen, als er auftrug, er ist Koch und Kellner in einem, die klassische Doppelbegabung, unter den Nägeln der Trauerrand, wenn der Rollmops Schultern hätte, würde er mit ihnen zucken, ich kann auch nichts dafür, tut mir leid, Hulda. Wieso kennt er ihren Namen, ihren richtigen Namen? In der Not sind wir alle gleich klein, und alle aufs Wesentliche zurückgeworfen, nackt, nur Haußmann darf seine Socken anbehalten. Einen großen Schluck Bier, den würde sie gerne machen, aber sie kann nur wie ein Vögelchen trinken, kleine Schlucke, immer absetzen die Flasche, und dann Neustart, Männer können mehrere Schlucke hintereinander gluckern, das ist bei Frauen und insbesondere bei ihr anders, das Kehlsystem, ist es ein Vorteil oder ein Nachteil? Hier ein Nachteil, sie will sich blind trinken, sie will das nicht sehen, was da vor ihr steht und was den »Männern« zu schmecken scheint, nur Schubal stochert ein bisschen skeptisch im Brei, aber zumindest stochert er, sie schafft nicht mal das, sie kann die Gabel nicht anfassen, die ein Mann mit dreckigen Händen angefasst hat. Sie weint. Erst still, weil sie niemanden beleidigen will, wie sie sich einredet, dann immer heftiger, sie zuckt, sie schluchzt richtig, konvulsivisch, alle starren sie an, das hat sie nicht gewollt, sie tut sich jetzt so leid, dass sie die Stimmung hier verunreinigen muss.

– Was ist, was fehlt dir, Lydia?

Alle bis auf Armin, der mit seiner unverschämten, immer noch mit Lippenstift verschmierten und verrutschten Visage grinst, nehmen Anteil, was hat sie, ja, was hat sie? Es läuft alles nicht so, wie sie sich das vorstellt, das war noch nie so, und sie hat es irgendwie ordnen können, alles an seinen Platz, aber jetzt gerade kommt alles doch wieder zusammen, wie sehr bräuchte sie jetzt die Mutter, ihr Lachen könnte ihr jetzt helfen und alles erleichtern, Lydia fühlt, sie hat auch keine Frisur mehr, nur noch Haare, ein Symbol für ihre Gesamtsituation, in Zeiten großer Niedergeschlagenheit melden sich zuerst immer die Haare, sie sacken müde zusammen, der Halt ist raus, es gibt nur noch einen, der ihr hier raushelfen könnte, das ist Schlingensief, mit allen anderen ist nichts zu machen, die haben ihren Test nicht bestanden, Schubal, das große Loch, suhlt sich in der Kotze der Nacht, Armin, der sich einbildet, sie hätten sich geküsst, ein Phantast, Ramses, den sie am längsten kennt (zwei Tage), offenbar schwul,

Haußmann mit den Puppenfüßen, nur Schlingensief, wenn er jetzt eine Art Superheld wäre, sollte sie schnappen und durch die Wand brechen und befreien, aber sie mag ihn nicht, er hat etwas Schäbiges, diese Haare, wie ein Hund, auch sein Wesen, freundlich, aber auch devot, doch seine Freundlichkeit ist eine schnippische Freundlichkeit, so, als hätte er immer Hintergedanken, er scheint wie gemacht zu sein für dieses Lokal, was sagt sie jetzt? Sie kann nichts erzählen von ihrer Einsamkeit, dass alle immer nur ihre Schönheit sehen und denken, dahinter kann nichts sein, sie hat keine Freunde, keinen Freundinnen, für die wäre sie eine Bedrohung, die lachende Mutter in Bad Salzuflen, ein Vater war nie da, angeblich verunglückt, vermutlich geflüchtet. Selbst der Koch ist mit einem Mal da, schaut wächsern und mit furchiger Stirn aus der Tür, während er sich die Hände an der sagenhaft fleckigen Schürze abtrocknet. Bei seinem Anblick schüttelt es sie abermals.

– Was hat sie?

– Haben Sie Salat?

Sie blickt tränenblind abwechselnd auf den Haufen Labskaus, den kleinen gewickelten Fisch daneben und in der Runde herum, aber nicht den Koch an.

– Salat, ja, bring ich gleich.

– Willst du reden?

Stuckrad scheint echt in Sorge, und da bricht es aus Lydia heraus, ihre Mutter sei Anja Kruse, die Mimin, Fernsehschauspielerin, die, die mal als zweite Isabelle Adjani gehandelt wurde, sie sei immer nackt in der Wohnung herumgelaufen, nur mit Lipgloss bekleidet, denn sie bezeichnete sich, und tut das nach wie vor, als Lipgloss-Junkie, nackt, oder gnadenhalber unten die schlabbrige graue Adidas-Jogginghose auf Hüfte, hinten ragt die Klempnerfalte raus, die blau geäderten Brüste schlingern befreit, höhnisch auf Lydia deutend, sie habe immer neue, immer andere Liebhaber angeschleppt, die chlorblauen, professionellen Augen ihrer Mutter, in denen die Männer scharenweise ertranken, wie sie lachend erklärte, »Blutige Smaragde«, ihr Durchbruch, ab da wurde sie endgültig komisch, lachte *nur* noch, und sie heiße gar nicht Lydia, ihre Mutter sei so eifersüchtig auf sie gewesen, auf ihre »unerträgliche« Schönheit, weil sie als Kind alle Aufmerksamkeit bekommen, dass sie sie gedemütigt habe mit dem Namen Hulda, nachträglich umbenannt, mit sieben, das war hart für sie, sie hätte lieber eine Brille bekommen statt einer Namensänderung, Lydia hieß sie, dann Hulda, sie habe sie auch immer ausgelacht, aber das sei schon so in Ordnung gewesen, da bleibt man eben ein Mensch, und jetzt hier, bei ihnen, in dieser Runde hier, da kann sie auch wieder Mensch sein, die Schicksalsgemeinschaft. Einmal habe ihre Mutter einen kleinen Baum in ihrem Garten gefällt, warum hast du das gemacht, Mutter? Bäume sind schmutzig, hat sie geantwortet, schäbig lachend. Und irgendwie stimmt es ja auch, sie lassen dauernd etwas fallen. Beim Namen Hulda öffnet sich Armin, alle Ohren, alle Poren offen, das ist der Name der Prostituierten, zu der ihn sein Onkel geschleppt hatte, diese Hulda hier, das ist die Wiedergängerin, sie holt ihn ein, sie müssen etwas bereinigen, das, was damals »vergeigt« wurde, soll jetzt nachgeholt werden, etwas zu Ende bringen, Hulda/Lydia wird für ihn jetzt zur Bedrohung gleichermaßen wie zur Chance, hatte er also doch recht, dass er sie geküsst hatte gestern, und wenn auch nicht, das ist jetzt einerlei, war doch der Wunsch so übermächtig wie der Vater des Gedankens, die Schuld, die er seit der Begegnung mit seiner Traumahulda wie einen Sack schmutziger Kartoffeln mit sich herumschleppt, jetzt kommt eine, die heißt genauso, und jetzt kann er von dieser Schuld erlöst werden, sich endlich freischwimmen, es ist zwar nicht dieselbe, nicht mal die Gleiche, aber sie ist das Bild, sie muss als Symbol herhalten, er muss noch einen Anlauf, einen Kaltstart versuchen, er darf nicht lockerlassen, es soll da beginnen, wo es mit seiner letzten Hulda so furchtbar endete, zurücklaufen und sich selbst in jener Nacht abholen.

– Aber das ist doch nicht so schlimm, Lydia, jeder hat doch sein Päckchen zu tragen, und deshalb sitzen wir doch *auch* hier, man kann das alles bereden, nur fragt sich jetzt, wie willst du angesprochen werden? Lydia oder Hulda, übrigens ein schöner Name, »Wem Gott die rechte Huld erweist, den schickt er in die Einsamkeit«, Christoph Willibald Gluck, ah, der Salat kommt, hm, der sieht aber lecker aus!

Der Koch ist jetzt sehr aufgeräumt, er tut verschämt, ein zurückgenommener Stolz, einer, dem Lob auch wichtig ist, aber er muss jetzt Rücksicht spielen, weil bei dem jungen Mädchen hier irgendetwas zerbrochen scheint, nicht spielen kann er allerdings reine Fingernägel, alle betrachten den Salat übertrieben wohlwollend, so viel Aufmerksamkeit wurde einem einfachen Salat wohl noch nie zuteil, vor allem nicht hier in der *Hundekehle*, und diese Aufmerksamkeit prallt natürlich am Salat ab und federt zurück gegen den Koch, aus falscher Bescheidenheit zieht er sich jetzt keck zurück, das ist ihm wohl zu viel, jetzt warten alle, dass Lydia oder Hulda den Salat isst und wie sie ihn isst, und das überfordert sie natürlich auch noch, vielleicht gelingt es, wenn sie sich mal entschieden hat, wie sie weiterhin heißen will. Stuckrad legt schweigend die Murmel auf den Tisch, Armins Murmel, die er in seiner Wohnung gefunden hat, so, als sei sie die Erklärung für alles, und jeder könne in ihrer Form finden, was er braucht, und Entlastung für all das, was ihn drückt. Und tatsächlich, die kleine Kugel scheint allen als freundlich, passiv und doch bestimmend eine Energie auszuströmen und wenigstens ein bisschen Orientierungslosigkeit zu absorbieren, auch Armin denkt, jetzt ist sie wieder da, meine Murmel, näher bei mir, so gelange ich leichter an sie, wenn hier alles vorbei ist, ich schnappe sie mir und laufe weg, mit Hulda, in einen neuen Morgen, ich hol sie hier raus.

– Nennt mich Lydia. Hulda, das ist der Name, mit dem mich meine Mutter in die Schublade steckte, um sich alleine zu sonnen, es tut mir so leid, aber ich bin noch nicht ganz frisch von gestern, so viele Eindrücke, versteht mich, ich bin das nicht gewohnt, auch die Party gestern, die vielen Menschen, alle haben mich angestarrt, so, als würden sie mein Geheimnis kennen, ich bin so isoliert aufgewachsen, das ist ja etwas, was mir meine Mutter ersparen wollte, so viel Kontakt mit anderen, sie sagte, ich verbrenne, nur eine könne die Sonne ertragen, sie ist nicht groß genug für uns beide, ihre Augen, so voller Unschuld, das flache Wasser, das aber tiefer geht, als der Marianengraben lang ist.

Alle versuchen jetzt Lydias/Huldas Mutter zu imaginieren, den Namen kennt man ja irgendwie, aber wie sieht sie aus, wo spielt sie mit, Haußmann denkt gleich an Stuckrads Stück, vielleicht sollte Anja Kruse sich gleich selbst spielen, so als Therapie, sie könnte ihre Mutterschuld abtragen, das, was sie der Tochter angetan hatte, mal merken, den Gedanken zum Namen, das Problem wird sein, der Name ist so einfach, den vergisst er leicht, je komplizierter der Name, desto sicherer, dass man ihn behält.

– Ich esse wie eine Schnecke, nicht?

Lydias Tränen versickern schon, sie lächelt zaghaft.

– Ja, Schnecken fressen ja auch gern Salat.

Das geht voll daneben, ein Faustschlag, man darf die Nahrungsaufnahme eines gerade Genesenden nicht als *Fressen* bezeichnen, Schubal verflucht sich, etwas gesagt zu haben, gerne würde er in seine Hand beißen, Worte dadurch ungeschehen machen.

– Nein, ich meine, so langsam.

Jetzt ist die Kälte, die Einsamkeit, ihre unendliche Einsamkeit förmlich greifbar, alle spüren sie, winden sich innerlich vor Schmerz, das ist jetzt der tiefste Punkt, den sie erreicht haben, im Marianengraben, es geht nicht tiefer und dunkler, da wachsen die Manganknollen, man kann nur noch nach oben, alle sind jetzt Lydia, auch Schubal, er sogar ganz besonders, auch er ganz verloren, seine Mutter, die ihm den Camembert zum Fraß vorwirft, dort Anja

Kruse, die Lydia in die Besteckschublade steckt und draußen lacht, die verlorenen, vaterlosen Wanderseelen, Essen als Problem, Labskaus hat er noch nie gegessen, er fühlt sich so ungebildet, ihm schnürt es die Kehle zu, er stopft, den Kopf ganz tief gesenkt, die plumpe Grütze in sich, es rutscht ihm schwer, er kaut nicht, sondern schluckt sie gleich so, wie sie ist, die Speise, vielleicht braucht sie mehr Aufmerksamkeit, dass man sie schmeckt, erfährt, aber die kann er ihr nicht geben, diese Aufmerksamkeit, weil er zu dumm ist, einfach zu dumm, das ist die schlichte Wahrheit, die Dummheit, das ist er. Stuckrad ist relativ entspannt, er merkt, wie alle die umgekehrte Metamorphose Lydias in Hulda beobachten, eine Rückverpuppung, der Falter, der sich wieder in den Kokon spinnt, er entwickelt Soziogramme, man muss sie zeichnen, seine Halmafiguren, was schreibt er da hin, er legt es *weich* an, es fließt, er lässt es schweifen, es tut gut, seine Gedanken treiben unwillkürlich zu Schubal. Etwas stört ihn am Namen, er hat es mit mehreren Variationen versucht, ausprobiert, der Name ist ihm nicht *eigentlich* genug, er hat etwas indifferent Unberedtes, und jetzt hat er es, er weiß es, er ist SCHUBSAL, das Mensch gewordene Schicksal, die Schublade des Schicksals, auch hat er lange mit sich gekämpft, um zu verstehen, was ihn wohl antreibt, und kommt immer wieder auf die gleiche Lösung zurück: akute Kastrationsangst, die sich anscheinend schon seit Langem zu einem Kastrationswunsch verhärtet. Während der junge Mann normalerweise lernt, den Hass gegen seinen nicht anwesenden Vater durch selbsterzwungene Feminisierung aufzufangen (indem er seine eigene Kastration erwartet), scheint es, als ob dieser Prozess der libidinösen Entwicklung in Schubal korrumpiert wurde: Da er niemals seine Angst überwunden hat, suhlt er sich nun im Sumpf seiner unterdrückten homosexuellen Aggression. Zärtlichkeit entgeht ihm: Intimität ist (für Schubal) nur möglich als ein Akt ungemilderter Verachtung. Er versucht zu dominieren, wenn er eigentlich lieben sollte. Indem er spastisch alle Kreativität auf seine eigene Impotenz richtet, projiziert er zwanghaft seinen eigenen Untergang, und so kann es weitergehen, Lydia, hat sie ja gerade erzählt, genitalverstümmelt letztlich von einer angeblichen Schauspielerin namens Anja Kruse, nie gehört den Allerweltsnamen, so heißt doch keine Schauspielerin, da ist doch gar kein Glamour drin, zu Hause mal googeln, wer sie ist, das Lachen der Hyäne, ihr Lachen, *Blutige Smaragde*, während sie ihre Tochter zwanzig Jahre in einen Keller sperrt, wie dieser Fall in Österreich, nein, nicht in den Keller, sondern in eine Art Schublade, wie sie sagt, sie hat Bindungsangst, weil sie ja selbst von ihrer Mutter an sich gebunden wurde, durch Verachtung, wenn Hass zum Klebstoff wird, Armin, der Arme, da sitzt er so, mit verschmiertem Gesicht, er findet das vielleicht witzig, grinst, auf diese Art will er die Gunst Huldas erwirken, wo soll ihn das hinführen? Der markerschütternde Schrei da in seiner Küche, an der Lampe baumelnd, von dem sie ihn wie schlechtes Obst pflückten. Und dann der ungewonnene Winterkrieg zwischen Leander und Christoph, der Stress der starren Fronten, des Auflösens dieses Knotens bereitet ihm, Barre, eine schöne Gänsehaut. Der Reiz der neuen Aufgaben. Packen wir's an. Gibt es ein besseres Leben als das, was er jetzt gerade führt? Mit Sicherheit nicht, und doch ist es ihm unheimlich, auch hat er nicht den leisesten Schimmer, wie sein Stück aussehen soll, *Trio mit 4 Fäusten*, wie er vor allem Haußmann da reinpackt, die Melancholie vor der Abgabe, der Druck der Erwartungshaltung, man ist weich, so tolerant wie in Trance, »Ein Männlein steht im Walde« in einer Salsaversion? Warum nicht, alle Töne dieser Welt dürfen gleichberechtigt nebeneinanderstehen, so, wie sie hier in der *Hundekehle* nebeneinandersitzen, gleich geschwächt, gleiches Mitleid mit Lydia, es gibt keine Hierarchie mehr angesichts ihrer Tränen, ihres Leids, wer will sich da erheben? Über den nächsten?

– Ich will nicht mehr klagen, was passiert ist, ist passiert, vielleicht hat mich meine Mutter nur stärken wollen, ich bin niemand, der die Schuld bei anderen sucht.

Sie rollt mit dem Finger die Murmel, ganz ihren Gedanken nachhängend, so, wie sie in der Küche die Johannisbeere gerollt hat, voller Anmut, zart, dass sie nicht zerquetscht wird wie all die anderen Beeren auf dem Boden. Ihre Mutter, erzählt sie, hat sie zu *Bild Online* gebracht, nicht *Spiegel Online*, das war eine Lüge, in der Not des gestrigen Abends geboren, weil sie Bastian Sick verteidigen musste, sie kannte da jemanden, das war schön, man musste konzentriert arbeiten, ein Haus der Anarchie fast, alle duzen sich, am Wochenende ist sie nach Bad Salzuflen gefahren, den schweren Wäschesack geschultert, die Züge immer voller Soldaten, auch sie haben gelacht, mit der Bierdose in der Hand, sie wissen ja nicht, was sie tun, wo steht der Feind? Sie verlachen die blinde Passivität ihrer Ahnungslosigkeit. Ihr erster Freund war dann einer dieser Soldaten, er hat nie gelacht, mit ihr über Pablo Neruda geredet, der hat auch nur Fanta getrunken, Pablo Neruda, das bin also doch ich, denkt sich Armin, das ist das Buch, das er so lange mit sich herumschleppte und gestern bei Schlingensief abliefern musste, als wäre es ein Reifezeugnis, gibt's denn nur dieses eine Buch auf der Welt? Armin war zwar nicht bei der Bundeswehr, untauglich, Senkfüße, später kamen sie dann drauf, dass er seine Senkfüße nur simuliert hat, dann musste er doch einrücken, allerdings Ersatzdienst, einen Simulanten wollten sie wohl nicht in ihren Reihen, dann schob er eben seinen Dienst als Tablettwäscher im Eisenbahnerwohlfahrtsheim, und das Buch, das der Soldat gelesen hat, bringt sie ihm jetzt noch ein Stück näher. Mit ihrem Freund von der Bundeswehr konnte sie reden, jeden Freitag, sie von Hamburg, er von Lüneburg, jeden Sonntag zurück von Bad Salzuflen, achtzehn Monate, aber es war nichts, es ergab sich nichts, es war nur Vertrauen da, das sie einte, in diesem Meer aus Häme und auf dem Boden kullernden Bierdosen. Jetzt denkt sie an diese schöne Routine, Armand hieß er, und dann ist es ja doch einmal passiert, zumindest fast, da war ihre Mutter nicht zu Hause, Dreh auf Bali, *Klinik unter Palmen*, und sie hat ihn eingeladen am Samstagabend, ja, vielleicht wollte sie *es*, sie hat eine Kohlsuppe gekocht, danach eine Crème brulée, dazu Tee, da kam er mit einer großen Schachtel Pralinen, Weinbrandbohnen, und da wurde ihr dann langsam klar, dass das kulinarisch die vielleicht allerunromantischste Ausgangslage ist, knapp nach einer Vergewaltigung, und dann, sie war auf dem Klo, Scheidenspülung, kommt zurück, steht Armand doch im Schlafzimmer der Mutter, er dachte wohl, das sei ihres, seine Hose hatte er schon ausgezogen, auf dem Bett, auf dem Boden überall die burgunderroten Büstenhalter und Schlüpfer der Mutter verstreut, ordentlich ist sie nicht, einen BH hielt er in der Hand und versuchte das Körbchen einzudrücken, ihn erstaunte die Festigkeit, die Kompaktheit, so als hätte er einen Metallkern, als sie das sieht, kann sie nur schreien, sie sieht ihn als Einbrecher, das ist die Vergewaltigung, der Auslöser, nach dem sie sich intensiv mit dem Feminismus beschäftigt hat, insbesondere für das beginnende Matriarchat, dass sie im Zimmer ihrer starken Mutter sozusagen initiiert wurde, ist nur logisch, was versucht er da, die Schale zu brechen, das Weibliche, er muss weg, raus, ihre Mutter hat mal in einem Fragebogen auf die Frage, was die beste Entscheidung ihres Lebens sei, »Als Frau auf die Welt gekommen zu sein« geantwortet, um dann eine Frage weiter, was denn der größte Fehler ihres Lebens sei, »In dieser Welt als Frau zu leben« zu antworten. Und diese verfluchte Diskrepanz, sie steht jetzt hier als Fingerzeig materialisiert vor ihr, Armand, der Soldat, das Schwein, seine Unterhose bläht sich ordinär fordernd, doch folgsam zieht er die Hose wieder an, hier ist wohl nichts zu holen, mürrisch folgt der Rest, die Jacke, die Schuhe, man redet nicht mehr, er hat etwas falsch gemacht, und das weiß er, er macht die Tür auf, geht in die Nacht, ohne sich umzudrehen, der Kopf hängt ihm, Huldas Tränen sind die des gerechten Zorns, sie hat ihren ersten Mann kastriert. Es klingelt noch mal, bitte die Weinbrandbohnen, die Bohne, der Ersatz für die Frau, sie ist fertig, hat abgeschlossen, das war's dann wohl, ihre Entjungferung, sie ist froh, dass sie so gelaufen ist, mit nackter Gewalt, psychischer allerdings, was schwerer wiegt, das ist wie in dem Ingmar-Bergman-Film, den die Mutter so liebt, *Das Schlangenei*, sie kann gar nicht zählen, wie oft sie das mit ihr sehen musste, vielleicht vier Mal, da, schau ganz genau hin, das ist der andere Teil unserer Gesellschaft.

– Darf ich dein Labskaus?

Instinktiv macht Armin genau das Richtige, er erkennt, dass selbst der Salat Lydia überfordert, und wenn er ihr beim Labskaus hilft, spornt sie das einerseits für den Salat an und er kann weiteressen, ihm schmeckt es, und wenn man isst, redet man nichts, was man nicht sagen soll. Lydia schaut ihn an, vielleicht soll er es doch sein, Armin, er ist verrückt, aber unter all den anderen Verrückten normal genug, um sie einigermaßen aufzufangen, Haußmanns Füße stehen Haußmann im Wege, das ist schade, sehr sogar, denn ihrem Ideal eines Mannes in dieser Runde kommt er am nächsten, und von den Füßen geht es weiter, sein Erfolg, seine Fans, seine Anhänger, sie müsste so viel teilen, Armin muss sie nicht teilen, mit Schubal vielleicht, aber kann man ihn noch ernst nehmen, wie ein Tier isst er jetzt seinen Brei, stopft mit dem Löffel das Zeug tief in seinen Rachen, so als wolle er seine Zunge nicht unnötig belasten, hat kaum noch Kraft, die Ellbogen vom Tisch zu heben, der Löffel ist ihm ganz schwer geworden. Der Löffel ist jetzt er.

– Gerne.

Sie schiebt ihm ihren Teller über den Tisch, lächelnd, der Teller berührt die Murmel, sie rollt Armin entgegen, das ist der schönste Augenblick seit vielen Stunden, und er erwidert ihr Lächeln, eine warme Welle schwappt über die Gesellschaft jetzt, alle spüren den Samariterakt, die Tat, selbst die Murmel, die dem richtigen in den Schoß rollt, scheint das zu bestätigen, Ramses lächelt, genau, da gehört sie hin, er hält sie nicht auf, jetzt gibt's keine Besitzansprüche mehr, natürlich hat er gemerkt, alle haben das hier gemerkt, dass das Labskaus Lydia überfordert, das muss man sich mal vorstellen, man schiebt Kylie Minogue ein breiiges Resteessen in die Künstlergarderobe, sie im Paillettenkleid, aberhundert Spiegelchen, in denen sich der Rollmops spiegelt, so viel Mitdenken, so viel Takt muss doch sein, der Koch hat den nicht, kann er nicht haben, die Bestellung war voreilig, Stuckrad bereut es, und nun wird alles bereinigt durch den tapferen Armin, Ritter Armin von der traurigen Gestalt, alles an ihm dünn wie ein Truthahnhals, mit nur einer Socke, der andere Fuß in der Frischhaltefolie, der Mann ist nicht ganz dicht, aber wenigstens originell, ihm kann man den Schneid nicht abkaufen. Schlingensief steht auf, er raunt etwas, er muss aufs Klo wohl, dort allerdings holt er sein Handy hervor, *Motorola Motofone F3*, und schreibt eine SMS, *Ben, komm jetzt bitte mal sofort ins Klo, ich halt das nicht mehr aus*, die Nachricht, die Stuckrad erschreckt, was meint er, offenbar hat er Verstopfungen oder Darmgrippe, und er braucht Hilfe, oder kann nur im Beisein von anderen, Paruresis, Blasenentleerungsstörung, es ist alles sehr kompliziert, unsere von diversen Traumata gejagten Seelen und die daran hängenden Körper, trotzdem, es interessiert ihn, er entschuldigt sich, muss jetzt auch mal, macht bitte weiter, die Murmel liegt jetzt vor Armin, das ist sie, die Gelegenheit, nur noch Lydia, Schubal und Haußmann, die Murmel ist klein, Haußmann erzählt von der Gnade des Namens, wie ein Name eine ganze Persönlichkeit zu prägen imstande ist, er mit seinem *Leander* könne »manch Weise davon harfen«, letztes Jahr z. B. wären Karlheinz Böhm 80 und King Kong 75 geworden, und dass sie sich doch mal bitte vorstellen sollen, wie das wäre, wenn durch einen simplen »Schicksalstwist« der Affe Karlheinz und der Schauspieler King Kong Böhm geheißen hätten, alle Aufmerksamkeit nun bei der Namensfrage, jetzt die Murmel, indem er mit der rechten Hand übertrieben Schaufelbewegungen macht, vom Brei zum Mund, lenkt Armin von seiner linken Hand ab, die blitzschnell die Kugel in seiner Tasche versenkt, zu spät leider fällt ihm ein, dass er dort vor nicht allzu langer Zeit ein Loch gebohrt hat, eins, durch das er am liebsten geflüchtet wäre, wenn er aufsteht, kollert aber nicht er, sondern die Murmel davon, seine einzige Hoffnung jetzt, dass sie ihm in den Schuh rollt, er ist groß, es ist genug Luft da, und keine Socke bremst den Lauf der Murmel, es gibt diese Hoffnung, so, wie sie es gegeben hat mit dem Buch, Schlingensiefs Buch, und die Hoffnung des schönsten Lächelns der Welt, das von Lydia, die er vom Labskaus befreit hat, also muss die Kugel in den Schuh rollen, das ist das Gesetz der Serie. Er könnte die Murmel aus der porösen Tasche klauben und in die andere verfrachten, solange er noch sitzt, aber wie sieht das aus, dass er seine Eier sortiert, sein Glied »bohnert«, nein, Hände müssen auf dem Tisch bleiben, da, wo ich sie sehen kann, wie seine Mutter immer meinte, während aber der Onkel mit ihr füßelte, ein Bild des Schreckens, der gelähmte Vater daneben, die Versorgungsmaschine monoton und rhythmisch pfeifend.

Im Klo lauert Schlingensief, er platzt fast vor ungehaltenem Zorn.

– Gib mir mein Geld, jetzt sofort!

– Hast du sie nicht mehr alle, reiß dich mal zusammen.

– Ich halte diese Farce nicht länger aus, die Spastis da draußen, und Haußmann mit seinem verfluchten windelwarmen Verständnis, gib mir mein Geld jetzt, ich hau ab.

– Das ist nicht dein Geld, das gehört Schubal.

– Nein, das ist meins, der Irre bildet sich das nur ein.

– Beweis mir doch, dass es deins ist.

– Ich hab's vorhin aus dem Fenster geschmissen, mich mit deinem Scheißchloroform betäubt und dann einen Einbruch mit Diebstahl und Vergewaltigung vorgetäuscht.

– So, so.

– Was heißt so, so?

– Und vorher hast du mir mein Klo noch kaputtgeschissen. Das soll ich dir glauben?

– Das ist mir egal, gib mir mein Geld.

– Wenn ich dir »dein« Geld geben soll, musst du mir eine andere Geschichte erzählen, diese hier glaube ich dir eben nicht.

Die Tür wird aufgestoßen, es ist der Koch, die beiden sind ziemlich laut, er will mal sehen, was da los ist, man hat auch schon Crack hier geraucht, und einmal wurde einem einer geblasen, während er schiss. Und was immer wieder vorkommt, ist, dass irgendein Clown »eintopft«, also einen Kothaufen im Spülkasten versteckt, das riecht dann noch Tage, und man wundert sich, und man putzt und putzt und lüftet, und nichts ändert sich.

– Biscoito, lass uns hier mal alleine was regeln, okay?

– Biscoito?

Stuckrad ist verblüfft, er kennt den Laden hier, einigermaßen gut, auch den bazillengesprenkelten Kochkellner hat er schon öfter gesehen, man grüßt sich, aber bis jetzt wusste er nicht, wie er heißt.

– Das ist mein Spitzname, so nennen sie mich hier, zu Deutsch: der Keks.

– Christoph, erzähl mal deine Geschichte, soll der Keks entscheiden.

– Halt die Klappe.

– Nein, erzählt mal, das interessiert mich, ich kann ja Richter sein, um was geht's denn, die Heulsuse da draußen?

– Nein, um Geld.

– Na ja, das ist ja fast das Gleiche.

Beide, Schlingensief und Stuckrad-Barre, versuchen jetzt dem Koch in groben Zügen das zu erzählen, was seit gestern passiert ist, beide durcheinander, der Koch gibt sich Mühe mitzukommen, dann kommen sie in die Wohnung Barres und dazu, dass Schlingensief nicht unbedingt Haußmann treffen wollte, sich im Klo verschanzt und seinen Ausbruchsplan entwickelt hat.

– Also, für mich klingt das nachvollziehbar, verfahrene Situationen erfordern ungewöhnliche Maßnahmen, mit Vernunft ist da gar nichts regelbar.

– Genau, sag ich doch auch immer, »pure Vernunft darf niemals siegen«.

– Das sagt Rainald, Christoph, das hast du dem geklaut, wie du allen alles klaust, bei Pablo Picasso klaust du und bei Heinz Rühmann und …

– Und?

– Und Marcel Marceau und so und jetzt willst du diesem Schubal auch noch seine Kohle klauen, Kafkas Heizer die Kohle klauen, na toll.

Sie starren einander an wie Fremde, als sei ihre gemeinsame Geschichte in diesem einen kurzen Moment ausgelöscht worden, durch diesen einen Namen, den des Pantomimen, der Kafka als Kohlendieb gestenreich denunziert.

– Dann frag den doch mal, wie sein Geld da in euren Hinterhof kommt, das würde mich jetzt echt mal interessieren.

– Und wie kriegen wir den jetzt hier ins Klo zum Kreuzverhör?

– Ich hol ihn mal, wer ist das, der Stumme oder der Verschmierte?

Biscoito scheint es Spaß zu machen, hier eine Entscheidung zu erwirken, früher hatte er mal Jura studiert, aber das war noch in der DDR, also sozialistisches Recht, nach dem es noch die Todesstrafe gab, dass die und die Kinderkrippen nach dem Untergang der DDR verschwinden mussten, ist mehr als nur der Verlust zweier Eckpfeiler des Lebens, man hat ihnen die Identität ihrer Ordnung genommen, wie der Keks bedauert. Er geht wieder zurück in den Gastraum, deutet auf den verunsicherten Schubal.

– Du, komm mal her, komm du jetzt mal mit aufs Klo.

Alle starren den kommandierenden Koch an, was soll das, Haußmann muss sich einmischen, auch weil der Koch einer der »Ihrigen« ist, er spricht Lausitzer Dialekt.

– Kannst du nicht normal reden, Freundchen, was soll das sein, soll er das Klo sauber machen, weil du es mit deiner dreckigen Schürze nur *noch* schmutziger machen würdest?

– Halt mal den Mund, Brillenschlange, komm du mit, Schlingensief und der Stuckrad wollen dich sehen.

Lydia, Armin und Schubal denken, aha, der Koch ist auch noch einer der Stuckradmenschen, also einer, der vielleicht *Soloalbum* gelesen hat und sich von ihm beeindrucken lässt, vom Bestseller und von Ramses' Doppelgänger, Schubal steht auf, er fühlt sich nicht direkt angesprochen, weil der Koch ihn ja zu einem anderen führt, also nicht zu Stuckrad-Barre, sondern zu Ramses Müller, also, da kann man das Spiel mitmachen, weil der Koch ja keine Ahnung hat.

– Nein, du bleibst jetzt hier.

Haußmann wird wütend.

– Kannst du mit ihm vielleicht mal etwas weniger ruppig umgehen, wir sind hier nicht bei der Armee. Hast du da eigentlich gelernt, diesen Fraß hier zu kochen?

Das lässt sich der Keks nicht gefallen, er will sich jetzt nicht beflegeln lassen müssen, er zerrt Schubal vom Sitz, Richtung Klo, Haußmann springt auf und greift sich ebenfalls Schubal am anderen Arm, sie zerren an ihm, wenn er aus Papier wäre, wäre er schon längst zerrissen, denkt Schubal, und das wäre er liebend gerne jetzt, zwei Teile, dann hat der Koch etwas von ihm und Haußmann, und es gäbe keinen Streit.

Schlingensief und Stuckrad hören das das Gerangel begleitende Gelärm und kommen aus dem Klo, und jetzt sollen sie auch noch an seinen Beinen ziehen, dann wäre er vier Teile, umso besser, jeder soll einen Teil haben, und je kleiner die Teile, desto wohler würde er sich fühlen, das kleinste nur denkbare Sandkorn ist das glücklichste, die Welt ist so groß, man kann nur immer staunen, man kann alles erreichen und nichts verlieren, nichts und niemanden, man muss sich nicht beweisen und kann sich aussuchen, wem man treu sein möchte. Aber Schlingensief und Stuckrad schreien nur, Haußmann soll Schubal loslassen, Schlingensief schreit ihn an, Stuckrad schreit Schlingensief an, er solle jetzt bitte mal den Mund halten, das wäre jetzt ein Problem hier, was man, also er, mit Schubals Hilfe lösen möchte, und Biscoito soll neutraler Zeuge sein. Zeuge? Der Koch hatte sich den Richter gewünscht, aber er kann sich ja hocharbeiten, vielleicht, Biscoito ist der

Koch, schiebt Stuckrad pflichtschuldig noch nach, das sei sein Spitzname, ruft er, Schubal ins Klo drängend, den Zurückgebliebenen im Gastraum nach. Im vorderen Teil der Toilette stehen sie nun. Im hinteren Teil sind die Urinale und noch weiter die Zellen für die richtigen Bedürfnisse, die Urinale sind so hoch angebracht, dass für Kleinwüchsige ein breites, etwa fünfzehn Zentimeter hohes Fußbänkchen bereitsteht, das man darunter stellen kann, um die zur Verrichtung erforderliche Höhe zu erreichen, das holt sich der Keks und stellt sich darauf, die Verhandlung kann beginnen, er erteilt das Wort Schubal.

– Du sagst, erklärst jetzt mal, warum das dein Geld sein soll, das die alte Frau im Hof gefunden hat.

– Das ist kompliziert.

– Zuerst deinen Namen, wo du wohnst und so, das soll seine Ordnung haben hier.

– Biscoito, lass den Quatsch, komm da runter, bitte, du musst dir hier nichts beweisen, wir wollen jetzt nur eine einfache Begründung von ihm, eine glaubwürdige, dann steht es Aussage gegen Aussage, und du, Biscoito sollst entscheiden, du bist die Geschworenen, alle zwölf in einem.

Schlingensief wird ungeduldig, der Koch denkt, okay, zuerst Zeuge, jetzt die Geschworenen, die die Funktion des Richters übernehmen, sein Wort ist das Gesetz, er spricht das Urteil. Schubal erzählt seine Geschichte, er packt aus, er hätte sich mit Lydia eingelassen, und das sagt er, ohne zu stottern, frei, geradeheraus, hier stehe ich, ich kann nicht anders, nach der Party bei Schlingensief, da sei man, er und sie, noch einen Absacker-Döner, einen vegetarischen, essen gewesen, Tofu-Döner, und dann hätte Lydia vorgeschlagen, dass er noch zu ihr mitkommen könnte, Armin war ja so besoffen, schwer zu bewegen, Stuckrad nickt, dann also in ihre geschmackvolle Wohnung, und da hätte sie noch einen Tee gekocht, einen Kombuchatee, und Käsebrote gemacht, einen französischen Weichkäse, er hatte da aber schon gar keinen Hunger mehr, das Buffet bei Schlingensief, der Döner und jetzt noch diesen sehr weichen Camembert, sein Trauma lässt er aus, der Camembert bewegte sich, so warm war es in ihrer Wohnung, er lief, und da sei ihm mit einem Mal schlecht geworden, er sah im Augenwinkel den Käse auf sich zulaufen, während sie sich küssten, auch das Sexuelle lässt er aus und die Fliege, das will er nicht, da muss man das Bild nicht überschmücken, sonst wird's zu unglaubwürdig und lockt Trivialpsychologen auf den Plan, ihre Zunge sehr lang und wendig, und da müsse sie wohl mit ihr an sein Gaumensegel gekommen sein und er habe sich übergeben müssen.

– Und das Geld?

– Gleich dann.

Er berichtet weiter, wie sie dann am nächsten Tag beschlossen haben, Ramses zu besuchen, weil doch der Abend, die Party so schön war, und auf dem Weg hätte er, Schubal, etwas von Lydia gespürt.

– Habt ihr's gemacht?

Der Koch grinst frech.

– Gemacht?

– Knattern, den Bus einparken, die Schlange verstecken, die Alte durch die Hecke ziehen?

– Ich, nein, das, weil sie, also mir war ja so schlecht, nur Kuscheln.

– Kuscheln, Mann.

Der Koch macht eine wegwerfende Handbewegung, rollt die Augen, was für ein Waschlappen!

Schubal muss jetzt eine Erklärung finden, wie sein Geld da in den Hof gekommen ist, das ja gar nicht seins ist, das anscheinend wirklich Schlingensiefs ist, aber er hat das ja nun mal angezettelt, Lydia macht ihn zum willenlosen Zombie, das geht ja jetzt nicht mehr, nach ihrer erschütternden Beichte eben, er verflucht sich, nein, bedauert sich, dass er sie so dämonisieren musste, um sich an ihr aufzurichten, die Arme aus der Schublade, wo die Mutter sie versteckt hielt all die Jahre, versteckt vor ihrer eigenen Schönheit.

– Und dann kommen wir eben in die Wohnung, ich muss dann mal, schließ mich ein, und dann ist das Fenster kaputt, und ich seh da runter, und da liegt dann das Geld und ich weiß nicht, das wird ein Aussetzer sein, ich bilde mir ein, dass das eben mein Geld ist, warum soll es nicht meins sein?

– Weil es meins ist, Witzbold, außerdem kann das Fenster noch gar nicht kaputt gewesen sein.

– Nenn ihn nicht Witzbold, Christoph, bitte.

– Wieso soll das denn dein Geld sein?

– Weil ich es da rausgeschmissen habe, mein Portemonnaie, und der Hund hat alles gefressen, meine Karten und so.

– Und warum?

– Was weiß ich, weil er Hunger hatte.

– Nein, warum schmeißt du dein Geld aus dem Fenster.

– So halt, ist eine Kunstaktion, verstehst du nicht. Der Kreislauf des blutigen Geldes, unten sammelt es die alte Generation, die Mütter in ihren Fußlappen und Filzstiefeln, auf und trägt es den Oligarchen nach, ihre mickrige Rente, kein Weg zu beschwerlich, es ist die Liebe, die Stellvertreterliebe, um den Verlust über ihren in Tschetschenien gefallenen Sohn zu kompensieren, die Oligarchen gründen dann so was wie Gazprom, das Imperium, das ist ein politisches Statement, die brutalste Form des Raubritterkapitalismus, ungeschminkt, transparent, ein physisches Verbrechen, das die Kluft zwischen den Klassen noch größer macht, und der Hund unten, das ist Gerhard Schröder, der sich mit diesen Verbrechern ins Faulbett legt, also jetzt her mit der Kohle, mir reicht's langsam.

– Was sagen die Geschworenen?

Stuckrad schaut den Koch an. Der nickt, er hat beide Versionen gehört, sie haben sich zurückgezogen, die zwölf Geschworenen, und entschieden.

– Das Geld bekommt der da.

Er deutet auf Schubal.

– Seid ihr bekloppt, oder was? Gib mir mein Geld, Keksmann.

– Die Begründung fällt uns leicht, wer so nachlässig mit seinem Geld umgeht und das zu verbrämen versucht mit so einem kryptischen Kunstklamauk, muss bestraft werden, 160 Euro, Höchststrafe.

– Ihr habt alle einen Knall, ich hau ab, du (er deutet auf Stuckrad-Barre) schuldest mir 160 Euro, mit dir bin ich fertig.

Schubal steckt irritiert das Geld ein, das ihm Barre gibt, Schlingensief verlässt wutschnaubend das Klo und setzt sich wieder an den Tisch, mit Nachdruck, jetzt wird er sich hier betrinken, zügig ein hübsches Sümmchen zusammensaufen und dann abhauen, dann sollen sie seine Zeche übernehmen, jetzt hat ja Schubal sein Geld, soll er zahlen, er fingert sich den auf seinem Teller zurückgelassenen Rollmops und schlingt ihn runter, und diesen Schlangenfraß zahlt er auch nicht, denn er hat ihn ja auch nicht bestellt, eine Beleidigung eigentlich, Invalidenessen, mit dem kleinen Holzpflock, der den Rollmops zusammengehalten hat, stochert er sich in den Backenzähnen.

Während der »Gerichtsverhandlung« sind sich die restlichen drei, Lydia, Armin, Haußmann, nähergekommen, einerseits durch Lydias Beichte, auch durch Armins Hilfe beim Labskaus, das hat Haußmann beeindruckt, man redet übers Theater, Lydia war noch nie im Theater, außer Kindertheater, *König Drosselbart*, Armin hat zweimal was von Einar Schleef gesehen, auch wenn er vergessen hat, *was* er da eigentlich gesehen hat, immerhin, auch das beeindruckt Haußmann, und als dann Armin von einer Idee erzählt für ein Stück, eine Art Antiheld namens Doc Ogen Clon, der in Wänden verschwinden kann, wo er sich ausruht, der aber immer Energieressourcen suchen muss, um in der Wand bestehen zu können, Ressourcen, die er anzapfen kann, um Kraft zu tanken, aber das ist nicht normaler Strom, oder Kryptonit wie bei Superman, sondern kleine Dinge, Zufälle, Zufälligkeiten, wo man dann immer erstaunt ist, wie kann denn *das* jetzt passieren, so als ob Gott das für einen arrangiert hätte, das sind seine Kraftquellen, und dann verschwindet er wieder in der Wand, um alle Krisen zu überdauern und nichts kaputt zu machen, denn er hat übermenschliche Kräfte, mit denen er diese Zufälle mit aller Gewalt herzustellen versucht, was natürlich nicht gelingt, wenn sich ein Mensch oder so ein übermenschenartiger Mensch zu Gott macht, zusätzlich ist Doc Ogen Clon in der Lage, durch einen bloßen Gedanken eine Ente zum Weinen zu bringen, Haußmann versteht, was er meint, schlägt vor, man müsse den Charakter noch mehr entwickeln, vielleicht ist er gebrochen, Stichwort Ödipus, die Mutter hat ihn beim Wichsen erwischt oder so, während er an der ausgeleierten Unterhose des Vaters schnüffelte, aber es würde ihn auf jeden Fall an den *Partyschreck* erinnern, den er gerade gemacht hat, da taucht ja auch dieser Inder bei der Party auf, der will auch nicht auffallen, ihm ist alles peinlich, aber alles geht ihm kaputt, aber am Ende ist er dann der Sieger, Kraft durch Chaos, der Neubeginn, wenn alles in Trümmern liegt, kann es nicht *noch* kaputter gehen. Also das mit diesem Doc Ogen Clon, das würde ihn interessieren, das würde nahtlos an den *Partyschreck* anschließen, allerdings hat er gerade bei Stuckrad-Barre ein Stück in Auftrag gegeben, ach, Stuckrad-Barre, den kennt er? Ja, wieso, der saß doch eben noch hier, der ist jetzt im Klo mit den anderen, Lydia und Armin schauen sich an, ist Haußmann also auch einer von den Barreleuten? Das Letzte bekommt Schlingensief mit, aha, Haußmann, der Idiot, scheint wirklich nicht eingeweiht zu sein, dass die handelnden Personen des Stuckradstücks vor ihm sitzen und er sogar selbst eine ist, Schlingensief ist wieder ein wenig versöhnt, er braucht ein neues Bier, er braucht viel Bier, für 160 Euro Bier, er will was sehen für sein Geld, er lacht.

– Biscoito, bring noch mal zwei Bier, schnell, ein kleines Bier trinkt sich ja schneller weg als ein großes.

Auch die anderen, bis auf Lydia, bestellen jetzt ein nächstes Bier, Schlingensiefs Logik macht sie durstig. Der Koch räumt die leer gegessenen Teller ab, bringt das Bier, Stuckrad denkt nach, er hat plötzlich kein allzu gutes Gefühl mehr, er muss jetzt denken, während die anderen weiter über Madonna reden, »time goes by so slowly«, dass sie das im Video in der Disco singe, aber kein Mensch geht doch in die Disco und jammert, dass die Zeit so langsam vergeht, und noch niemand hat je das Ende einer Disco erlebt, so kurz vor sechs, oder wann auch immer solche Läden zumachen, schauen doch alle nervös auf die Uhren, alle wollen abhauen, bevor es zu spät ist, wirklich ein tolles Bild, plötzlich haben es alle eilig, niemand will der Letzte sein, wenn das Licht angeht und alle bleichen Gesichter sich fragend anschauen, oh mein Gott, das ist das Ende, sie haben verloren, wir müssen raus aus dem Uterus, der Geborgenheit des Lärms und der komprimierten Luft voller Versprechungen, dahin sind sie, jetzt raus an die feindliche frische Luft, man versteht, dass denen die Zeit zu langsam vergeht, *bevor* sie in die Disco kommen, aber dann sind sie in der Disco und tanzen alle, sind fröhlich, froh und gut gelaunt und kosten jede Sekunde aus, sie fühlen sich unsterblich, und dann wird die Musik leiser und es tickt die Uhr, tick tock tick tock, und auch hier singt sie »time goes by so slowly«, das kann mir doch keiner erzählen, dass einem die Zeit in der Disco zu langsam vergeht, außer dem, der dazu gezwungen wird, Discofolter. Der letzte Gast, was für ein Bild des Jammers, man hat zwar alle überlebt, aber zu welchem Preis? Der Letzte macht das Licht an. So reden sie, und Stuckrad überlegt, er versucht es, er versucht angestrengt zu denken, es geht schlecht, er bräuchte Ohrenstöpsel, Schubal fragt:

– Discotod, alle wollen vor den anderen sterben?

– Genau, ein frühes Ende ist doch etwas Herrliches, will das nicht jeder? Ist doch bei Weitem besser, als wenn sich etwas ewig zieht, wenn du jetzt vom Tod sprichst, kann ich mir z. B. gar nichts Idealeres vorstellen, als, sagen wir mal, von hinten von einem Irren in den Kopf geschossen zu werden, keine Zeit zum Überlegen, und schwupp, weg ist man, was ist denn die Alternative? Jahrelang an Schläuchen hängen und in der eigenen Scheiße schmoren? Nein danke.

– Aber das Ende einer Disco zu erreichen hat doch auch was von Triumph, ich hab's bis zum Schluss geschafft, wie ein Marathon oder so was.

– Was hat das? Dass man zwar durchgehalten hat bis zum Schluss, aber da steht wie bestellt und nicht abgeholt, ein Heimatloser, ein Hamster, einer, der Angst vor der eigenen Wohnung hat, also vor der eigenen Courage, das findest du triumphabel? Es gab doch auch mal so einen Film *Nur Pferden gibt man den Gnadenschuss*, da geht's um so eine Dauertanzveranstaltung, das Paar, das bis ganz zum Schluss übrig bleibt, bekommt eine Prämie, das sind dann echt so Wracks, die sich nur mühsam auf den Beinen halten können, jammervolle Figuren, sie hängen in den buchstäblichen Seilen und betteln um Erlösung, da würde die Madonnazeile prächtig passen: »time goes by so slowly«. Armin hatte mal dieses eine Lied gehört, »Time flies by when I'm the driver of a train«, aber das schenkt er sich jetzt, sonst kommen sie auf Mehdorn, dann wird's haarig, von Madonna zu Mehdorn und zurück, bitte zurücktreten, Gleis 4, Zug fährt ein.

Stuckrad kann sich nur noch schwer konzentrieren, eine Mischung aus Weghörenwollen und Zuhörenmüssen, das Gespräch ist das typische Rumgemeine am Wirtshaustisch, Spökenkiekerei, das universelle Raunen, das er ja so hasst. Er hat zwar so seine Methoden, sich selbst taub zu machen, die eine ist, ein Ohr zuzudrücken, nicht offensichtlich, so, als würde er sich am Ohr kratzen oder sein Gesicht aufs Ohr stützen, dadurch wird der Krach, das Gelaber vom anderen Ohr verdoppelt und als ununterscheidbarer Matsch wahrgenommen, die andere Methode ist, im Mundraum einen Druck durch Pressen zu erzeugen, der durch die eustachische Röhre von innen gegen das Trommelfell drückt, es bläht, sodass die Schallwellen von außen ungenügend zum Innenohr kommen können, aber er lässt das, weil, hier ist es genau das, was ihn eigentlich jetzt auch beschäftigt, diese Runde, das ist wie die Gesellschaft in der Disco, eine Gruppe, die nur schwach irgendwie mit Spucke zusammengeklebt ist. Dass es im Lied aber um etwas anderes geht, dass Madonna ja auf einen Anruf wartet, bevor sie in die Disco geht, er ruft nicht an, bzw. sie kann ihn nicht erreichen und dann hängt sie ein, *hung up*, aber das behält er für sich, er will ihre Theorien vom Discotod nicht zertrümmern, aufhängen, er hat seinen Ehrgeiz verloren, die drei jammervollen Gestalten, er hat ihnen ihr Leben weggenommen, er hat sie nicht abgeholt, sie nicht angerufen, ihnen nichts erklärt, er hat Angst vor ihrem Leid, wie konnte er nur den miesen Plan, den Vorteil einer Doppelexistenz, das, was ihm Schlingensief vorgegaukelt hat, die Schlupfwespe, wie konnte er das weiterspielen, irgendwann, als *Soloalbum* kam, hat er Schlingensief das ja auch erzählen müssen, dass es keine Duke-Ellington-Biografie geben wird, er hatte noch behauptet, die würde »geschoben« werden, aber die Lüge weiterzuschleppen macht ihn müde, schwächt ihn, jetzt ist so viel zusammengekommen, das Spiel und seine Figuren, die gerade im Begriff sind, wie ein Pfuhl zu kippen, sein Material, und Haußmann ist in Erwartung, und auch ihn würde man nicht anlügen wollen, wer weiß, sie würden ihn für einen Borderliner halten, einen, der nichts mehr zu sagen hat und Personen, Geschichten, sich selbst erfinden muss oder, noch schlimmer, sie manipulieren muss, sie gegeneinander ausspielen, er sei ausgebrannt, würden sie schreiben, wie Tom Kummer, der ehemalige Superstar des neuen Journalismus in Deutschland, der bastelte sich Interviews einfach zusammen, erfand Stars, Fragen und deren Antworten und stolperte darüber und zog obendrein in seinem Fallen seinen damaligen Chefredakteur Ulf Poschardt mit sich in den Abgrund, jetzt fristet er sein verpfuschtes Leben als Pit-Pat-Trainer in Hollywood, das ist eine Mischung aus Minigolf und Billard, man muss mit seinem Queue auf mehreren Tischen verschiedene Hindernisse umspielen, ein Spiel für welche, die schon alles haben, die sich alles leisten können, die sich an Armut ergötzen, am Spiel der Proletarier, das ist so degeneriert, aus nichts wieder nichts machen, und dahin reitet er, Stuckrad, gerade anscheinend und sehenden Auges auch, wenn er nicht aufpasst, Udo Lindenberg hatte ihm gesagt, ey, Ben, sei ehrlich zu dir selbst, und die lauwarme Lindenbergwelle der Vernunft rollt ihn jetzt plötzlich an, er will die Karten auf den Tisch legen, eine kleine Lüge, eine vielleicht 20-Stunden-Lüge aufdecken, je früher, desto besser, vielleicht könnte er für Haußmann eine Lindenberg-Posse schreiben, mit Lindenberg als Lindenbergdarsteller inkl. Doppeludo, das wäre doch mal interessant, die Salzsedimente auf den knöchernen Wangen der kleinen Lydia, das ist vielleicht doch eine Nummer zu gefährlich, als Witz kann man jetzt vielleicht noch alles retten, ein frühes Ende, wie sie das eben gesagt haben, ist besser als ein sich ewig hinziehendes, an Schläuchen, und wie viele Schläuche braucht er dann, um diesen deformierten Klumpen Lüge am Leben zu erhalten, mit all den Metastasen, gestern auf der Party bei Schlingensief hatte er mal kurz daran gedacht, alles aufzudecken, er behauptete, Barre zu sein, also er selbst, nur um mal zu testen, was passiert, Armin,

Schubal und Lydia haben gelacht, »guter Witz«, »schlechter Schauspieler«, und machten abfällige Witze über den Autor, er sei ausgebrannt, für sie ist da schon Müller der Held, Armin hat sich sogar so eine dicke schwarze Heinermüllerbrille aufgesetzt, die gehörte wohl Roger Willemsen, seine Ersatzbrille, und rauchte mit ihm eine dicke Zigarre, beide lachten, Armin balancierte eine dieser teuflischen Vogelbeerschnapscaipirinhas Willemsens auf dem Kopf und meckerte wie eine Ziege, der böse Samen ist gesetzt, reiß das Ruder rum, denkt er aus Leibeskräften, und da springt mit einem Mal aber Armin plötzlich auf wie von der Wespe gestochen, beißt Barres tobende Zweifel durch wie eine Nabelschnur, hier in der *Hundekehle*, so als könnte er Stuckrads Gedanken lesen, er schreit, ich will nicht sterben, nicht so früh, bitte, er rennt raus, aus der *Hundekehle*, er humpelt, er läuft und läuft, die Murmel ist tatsächlich in seinen Schuh gekullert, sie tut bei jedem Schritt weh, es ist wie eine chinesische Foltermethode, chinesisches Roulette, so nennen sie das, er ist dankbar für den Schmerz, aber er will nicht sterben, er will das Ende nicht erleben, die Wahrheit, sie ist schmutzig wie das Fell eines Hundes auf der Straße nach Bukarest, er läuft und läuft, er ist frei, er wird immer in der Disco bleiben, das ist sein Schneckenhaus, das er auf seinem Rücken mit sich schleppt, jeder Schritt tut weh, aber er muss so schnell laufen, wie er nur kann, die Helligkeit wird ihn nicht einholen, er reißt sich das sowieso schon halb offene Hemd vom Oberkörper, schleudert es in die Luft, er verliert einen Schuh, dann den anderen, immer so große Schuhe kaufen, das hat er seine Mutter gebeten, die kranke Mutter mit den Schläuchen in der Nase, die künstlich ernährt werden musste, nie fand sie die Speise, die ihr schmeckte, von ihrem eigenen Speichel bekam sie Sodbrennen, er läuft ohne Schuhe weiter, eine Socke, ein Fuß mit Frischhaltefolie umwickelt, der herrliche November, die kahlen Bäume, auf ihnen sitzen die erschöpften Dohlen, man sieht die Enden der Äste nicht, sie ragen in die Nacht, aber ebenso könnten sie aus der Nacht kommen, die Nacht ragt auf die Erde, auf die Menschen, sie fließt an den Ästen auf sie runter, aus dem einen Schuh hüpft die Murmel, rollt die Torstraße entlang, Richtung Glahnstraße, diese kleine weiße Murmel, und plötzlich ist in ihr alles eingepresst, was die Welt ist, so fest, wie es nur geht, mit einem unvorstellbaren Druck, das geheiligte, allerheiligste Weltwissen, alle Kriege, jeder Frieden, alle Lügen, alle Wahrheiten, alle Antworten, jeder Schmerz, jedes Glück, jede Enttäuschung und Entzündung, jede Erlösung, jeder Weg, alle Richtungen, alle Menschen, das ganze Blut, alle ihre Orgasmen gleichzeitig, Knochen, Haut und Haare, alle Schubals, alle Müllers, Ramsese, sämtliche Schlingensiefs, alle Stuckrad-Barres und alle Anja Kruses, und natürlich auch die eine, die einzige Anja Kruse, die mit den reinsten ratlosen Augen der Welt, die Warum-ich-Augen, und genau jetzt fällt es der Murmel ein, wer Anja Kruse ist, sie ist die, die das Biest in *Forsthaus Falkenau* gespielt hat, und mit dieser Erkenntnis und der Enttäuschung, dass es keine Videothek auf der ganzen Welt gibt, die *Forsthaus-Falkenau*-Folgen lagern hat, rollt die Kugel in der Torstraße, Ecke Glahnstraße in einen Gulli, aus dem kurz darauf ein Zischen dringt, so, als ob ein Sodbrennen entweichen muss, direkt aus dem Gedärm der Stadt, die Murmel ist das Allerletzte, was noch reinpasst, jetzt kann man dichtmachen, für immer.

Der Autor dankt Murmel Clausen, Katja Sämann, Heiko Arntz und Maik Novotny